La grotte s'est transformée en cellule, le palmier s'est transformé en porte, mais le plus beau reste à venir : « Et comme l'heure de midi approchait, un corbeau vint apporter un pain formé de deux parties. Comme Antoine s'en étonnait, Paul lui dit que Dieu le nourrissait tous les jours de cette façon : il avait seulement doublé la ration, ce jour-là, à cause de la visite d'Antoine. » Ce n'est plus un palmier qui nourrit l'ermite de ses dattes, mais un demi-pain quotidien, dérobé sur terre ou cuit dans les fours célestes, livré par un corbeau… Et ce n'est pas la première fois que Dieu charge l'oiseau noir de nourrir les siens, voyez le prophète Élie : « Pars d'ici, lui ordonne Yhwh dans le premier Livre des Rois, dirige-toi vers l'est et cache-toi dans l'oued de Kerit, face au Jourdain. Il y a là un torrent où tu pourras boire. Pour la nourriture, j'ai commandé aux corbeaux de s'en charger. » Or une si lourde mission attend Élie qu'il a besoin de toutes ses forces, aussi les corbeaux l'alimentent-ils matin *et* soir, lui apportant du pain *et* de la viande…

Mais qui se charge de nourrir les corbeaux ? Observez-les, nous dit Luc : ils ne sèment pas, ils ne moissonnent pas, ils n'ont ni caves ni greniers, et pourtant Dieu les nourrit.

Fin de l'histoire de Paul l'ermite : comme Antoine songeait au moyen de l'ensevelir, survinrent deux lions compatissants qui, vu le grand âge d'Antoine, l'aidèrent à creuser la tombe, puis s'en retournèrent dans leur forêt.

Encore une fois, ce sont les peintres qui, dès le Moyen Âge, ont scellé l'alliance insolite entre le roi des animaux et le patron des traducteurs – le premier ayant cessé de rugir pour respecter le silencieux travail du second.

Un lion s'en vint trouver Jérôme dans le désert de Palestine. Il boitait, léchait une de ses pattes d'un air malheureux, souffrait à l'évidence. Jérôme, apitoyé, prit la patte entre ses mains et la délivra d'une épine. D'où la reconnaissance du fauve. Désormais doux comme un agneau, affectionné comme un chien, il suivit Jérôme ou le précéda partout où il allait. Quand Jérôme avec lui revint dans son monastère, les moines furent terrorisés. En témoigne un merveilleux Carpaccio à la chapelle des Esclavons à Venise. Dans un envol de robes blanc et noir ils s'enfuient, tandis que les animaux présents dans la cour (pintade, lièvre, paon, chevreuil, castor, antilope, et j'en passe) poursuivent leur journée tranquille comme s'ils n'étaient plus guère menacés.

Ainsi sommes-nous conduits par le prophète Isaïe 11,6-9 vers une promesse bouleversante :

> Loup et agneau vivront ensemble
> léopard et chevreau dans la même tanière
> dans les prés le tigron et le veau côte à côte
> menés par un petit garçon
> et la vache ira paître avec l'ourse
> leurs petits endormis côte à côte
> et le lion broutera comme un bœuf
> et le bébé jouera sur le trou du serpent
> vers le nid des vipères l'enfant tendra
> la main –
> plus de méfaits, plus de ravages
> dans toute ma montagne sainte

dit Yhwh.

Certains retables, dont les lointains minuscules sont peints à la moustache de chat ou à la plume de bécasse, traitent avec un mépris qu'on envie la chronologie. Jérôme très loin, au pied de la croix, le lion couché près de lui. Un peu plus bas, le lion conversant avec un âne. Au premier plan, la scène originelle : le lion, qui porte sa crinière de côté comme une chevelure de femme, pose sa patte blessée sur les genoux du saint. Dans les retables où Jérôme travaille dans sa cellule, un encrier à la main, un pinceau dans l'autre, le lion veille et surveille, tel le petit chien qui contemple, extasié, Augustin en extase dans le tableau de Carpaccio intitulé *La Vision d'Augustin*.

Le chien qui accompagne Tobie, fils de Tobit, était aussi dans mon esprit un petit chien, comme celui qui suivait partout ma mère, mais relisant le Livre de Tobie, prenant la mesure des centaines de kilomètres qu'il a dû parcourir pour suivre son maître, je pense qu'il s'agissait plutôt d'un chien grand et robuste.

Par une nuit de forte chaleur, Tobit était sorti de sa maison et s'était allongé contre le mur de la cour. Des fientes de moineaux tombèrent sur ses yeux, les brûlèrent, et il devint aveugle. Il souhaita mourir, mais pas avant d'avoir assuré l'avenir de son jeune fils. Comme il avait déposé chez Gabaél, loin, très loin, à Raguès, en Médie, une somme d'argent, il demanda à Tobie d'aller la quérir. « L'enfant », dit le texte, chercha un guide. Il tomba aussitôt sur quelqu'un qui disait connaître les chemins de Médie par cœur. Sans se douter qu'il s'agissait de l'ange Raphaël, Tobie le présenta à son père. Raphaël déclina un faux nom, il se déclara fils d'Israël, frère du même clan. Ils partirent, ils partent. L'enfant part avec l'ange. « Et le chien aussi est parti. Il était sur la route avec eux. » La première nuit, ils ont dormi près du Tigre. Pendant que l'enfant se lavait les pieds dans le fleuve, un gros poisson l'a attrapé, il a crié. L'ange lui a dit de tenir bon, de rapporter le poisson – ce qui fut fait – puis d'ouvrir le ventre, de prélever le fiel, le cœur et le foie. Si l'on brûle le cœur et le foie du poisson en présence du démon qui tourmente un homme ou une femme, le démon lâche prise. Quant au fiel, c'est un onguent pour les yeux, il guérit de la cécité. Au retour, il guérira Tobit.

L'histoire est fort longue, aussi longue que les distances, alors je vais droit vers ce qui m'intrigue. À Ninive, le père aveugle comptait les jours : tant pour aller, tant pour revenir, le nombre était largement dépassé. La mère pleurait, désespérant de revoir son fils. Assise devant la maison, elle fixait la route qu'il avait prise. Et un jour, un beau jour, elle le vit qui revenait. « Et le chien le suivait. »

La longévité de Tobit varie selon les traductions. Selon celle de l'abbé Crampon, il mourut à cent deux ans. Il en avait cinquante-six lorsqu'il perdit la vue, soixante lorsqu'il la recouvra. Le voyage aurait donc duré quatre ans. Or dans ce livre, un vrai roman, le chien n'est mentionné en tout et pour tout que deux fois : quand il part et quand il revient. Qu'il n'ait pas été oublié en route est merveilleux.

Faut-il compter en semaines ou en mois le temps pendant lequel Roch fut nourri par un chien ? On l'ignore, mais depuis le XIVe siècle ils sont inséparables. « Qui aime saint Roch aime son chien », dit un proverbe, et aussi : « Qui voit saint Roch voit son chien. »

Natif de Montpellier, orphelin à dix-sept ans, Roch distribua ses biens aux pauvres, revêtit l'habit de pèlerin et partit pour Rome. La peste sévissait en Italie et il croisa nombre de pestiférés qu'il soigna. Sur le chemin du retour dans son pays il tomba lui-même victime de la peste. Alors il se retira dans un bois afin d'y mourir. Mais une petite source près de sa cabane le désaltérait et un chien, jour après jour, lui apportait un pain. Miraculeusement guéri, il reparut à Montpellier, où il fut arrêté comme espion du pape, et il mourut en prison. On le représente sous un chapeau à larges ailes, des coquilles Saint-Jacques cousues sur son habit, une gourde attachée au bourdon de pèlerin et un chapelet à la ceinture. Parfois son haut-de-chausse est baissé sur une jambe découvrant un bubon ou une plaie, et il a toujours près de lui son chien, qui tient entre ses crocs un pain ou bien lèche ses plaies. C'est le patron des pèlerins. Nombre d'églises ou de chapelles portant son nom se trouvent au bord des chemins.

« Ceux du chemin », ainsi désignait-on les premiers chrétiens – leur Seigneur ayant dit : « Je suis le chemin. » Il est même allé plus loin. La veille de sa mort, lors du dernier repas avec les siens (après que Judas eut quitté la salle pour avertir les gardes qui procéderaient à l'arrestation pendant la nuit) il a dit : « Pour aller où je vais, vous savez le chemin. » À quoi Thomas, avec le bon sens qu'on lui connaît, a rétorqué : « Nous ne savons pas où tu vas. Comment pourrions-nous savoir le chemin ? » C'est alors qu'a eu lieu la fameuse déclaration : « Je suis le chemin, la vérité, la vie », mots assez forts pour se passer de majuscules. Après sa mort, en chemin le rencontrent les pèlerins d'Emmaüs, en chemin le rencontre Paul.

Sur le vitrail d'une petite église normande que je fréquente l'apôtre se tient debout au milieu d'un bleu hardi, surtout quand il fait soleil, qui figure la Méditerranée. Pas tout jeune, brun et barbu, encadré par le nom des villes où il annonça la Bonne Nouvelle, d'Antioche à Corinthe, de Thessalonique à Césarée. D'île en île il prenait des caboteurs, pour la haute mer des navires. Le centurion romain chargé de le conduire, ainsi que Luc et d'autres prisonniers, à Rome afin qu'ils y soient jugés, affréta en route un navire alexandrin qui mettait le cap sur l'Italie. En mer Adriatique le navire essuya pendant plusieurs jours une terrible tempête, et quand une baie avec une plage apparut enfin les deux cent soixante-seize passagers se jetèrent à l'eau, soit nageant, soit agrippés aux épaves du navire échoué. Parvenus sains et saufs à terre, ils apprirent que l'île s'appelait Malte. Les habitants firent un grand feu afin de les réchauffer. Paul ayant ramassé une brassée de bois sec pour alimenter le feu, une vipère en surgit qui s'accrocha à sa main. Il secoua la vipère dans le feu et n'en éprouva aucun mal. Ceux qui s'attendaient à le voir enfler et s'effondrer de mort subite considérèrent la chose comme un miracle.

Le miracle de saint Paul sur l'île de Malte a inspiré beaucoup moins de peintres que sa conversion sur le chemin de Damas. Le feu en général est au centre du tableau et l'attention requise par la façon dont les mains de Paul frôlant les flammes se délivrent de la vipère. Les contorsions du reptile sont particulièrement effrayantes dans le tableau de David Teniers l'Ancien – que je ne connais qu'en reproduction, car il est au musée de l'Ermitage. Au Louvre, on peut voir la scène peinte par Marten de Vos et par Claude Verdot.

Paul ne brave pas le serpent, il s'en délivre, ce que n'a pas su ou voulu faire Ève au jardin. Le reptile rampe ou s'enroule du début de la Genèse à la fin de l'Apocalypse où, devenu dragon – soit, dans le bestiaire ancien, le plus gros des serpents –, il est enchaîné pour mille ans. Plus de mille ans ont passé, il a été relâché, sachez-le. Le bruit court qu'il effraie davantage les femmes que les hommes. À cause de sa forme et de sa longueur variable, de son venin ou de ses prétendus bienfaits.

En pièce jointe d'un courriel ami, je viens de recevoir un bout d'émission extrait de la chaîne Kobolo News Gabon, forum libre gabonais, où un homme jeune et convaincant règle son compte au serpent. Avec les inflexions de ces voix françaises d'Afrique, qui modifient les accents toniques et butent contre les consonnes, il s'insurge à l'idée qu'on puisse situer l'histoire du premier couple sur son continent : « J'ai observé qu'il y a des gens qui disent qu'Adam et Ève ont existé en Afrique. J'ai dit aux gens que non, Adam et Ève ne peuvent pas avoir existé en Afrique. Pourquoi ? Nous n'avons pas de pommes, ça c'est la première chose, nous n'avons pas de pommes. Et puis si Adam et Ève étaient des Africains, ils n'auraient pas mangé la pomme, ils auraient mangé le serpent. Parce que nous on mange le serpent. Je ne vois pas qu'un Africain qui a faim aille manger une pomme alors que traîne un serpent. Ça c'est de l'observation. Nous on ne joue pas avec les animaux, ce sont les Blancs qui jouent avec les animaux comme s'ils étaient leurs copains ou copines, nous, on ne joue pas avec les animaux, on tue et on mange. On n'est pas trop fruits, on mange la viande. Si Adam et Ève avaient été des Africains… »

Habituée depuis l'enfance à voir un lion à côté de Marc, un taureau près de Luc, un homme ailé accompagner Matthieu, un aigle planer au-dessus de Jean, je ne me posais guère de questions jusqu'à hier. Eh bien ils viennent de l'Apocalypse, de la première vision d'un Jean – qui n'est peut-être ni l'évangéliste ni l'apôtre. Devant Celui qui siège en plein ciel Jean voit quatre vivants : « Le premier animal ressemble à un lion, le deuxième à un taurillon, le troisième a un visage comme d'un homme, le quatrième ressemble à un aigle en vol. » Chacun portant six ailes, ils ont des yeux devant, derrière, tout autour et dedans.

Le trafic entre la Nouvelle et l'Ancienne Alliance est intense. La première vision de Jean renvoie à la première vision du prophète Ézéchiel, par jour de tempête. Le vent du nord soufflait très fort. D'un gros nuage jaillit un feu où Ézéchiel aperçoit des vivants. Quatre. « Ils ont chacun quatre visages, chacun quatre ailes [...] Chacun a une tête d'homme, une tête de lion, une tête de taureau et une tête d'aigle. Ce sont des têtes, oui, et il y a des ailes étendues sur le tout. » Une des paires se joint par le haut, l'autre couvre leur corps.

Au détour de *La Légende des anges*, un essai de Michel Serres, j'apprends que c'est Irénée, évêque de Lyon, qui fit apparaître, sous les figures du lion, du taureau, de l'homme ailé et de l'aigle, les quatre Évangélistes. De cet Irénée de Lyon, né à Smyrne au IIe siècle après J.-C., je ne savais qu'une chose qui m'impressionnait : il avait eu pour maître Polycarpe, évêque de Smyrne, lequel avait eu pour maître l'apôtre Jean en personne ! Deux siècles après Irénée, saint Jérôme confirma cette interprétation. Découragée à l'idée d'escalader pareils massifs de la pensée chrétienne mais pressée par la curiosité, je cherche des explications à portée de main.

Que l'aigle soit Jean est le plus évident : c'est l'oiseau qui vole le plus haut et son Évangile est le sommet de la doctrine.

Un visage d'homme – homme ailé – est associé à Matthieu parce que son Évangile commence par une généalogie :

Abraham engendra Isaac,
Isaac engendra Jacob,
Jacob engendra Juda et ses frères,
Juda engendra Pharès et Zara, de Thamar,
Pharès engendra Esrom,
Esrom engendra Aram,
Aram engendra Aminadab…

et ce, pendant trois fois quatorze générations, jusqu'à ce que Joseph soit engendré, Joseph époux de Marie, de laquelle naît Jésus. Or tout le monde sait que Joseph n'est pas le géniteur. Alors pourquoi parler de « généalogie humaine de Jésus » quand elle s'arrête à son père adoptif ? Jadis psalmodiés à l'église d'un ton monocorde, les dix-sept premiers versets, litanie de noms propres, s'embrouillaient, d'où une certaine confusion… et l'étymologie (douteuse mais plaisante) de notre mot « galimatias » : du grec chrétien *kata Matthaion*, « selon Matthieu ».

Un lion est associé à Marc parce qu'il se réfère en commençant à ces versets du prophète Isaïe :

> J'envoie mon messager en éclaireur
> pour qu'il prépare ton chemin.
> Sa voix crie dans le désert :
> « Préparez le chemin du Seigneur.
> Rendez droits ses sentiers »

et que le désert appelle le lion. Le lion, dès les premiers siècles, est le moins exotique des animaux sauvages, le plus connu et le plus représenté. Si la voix du Jean qui baptise et prépare la venue du Seigneur, de ce Jean Baptiste vêtu d'une peau de chameau, nourri de sauterelles et de miel sauvage, n'évoque en rien un rugissement, je n'en dirais pas autant de la voix de Marc. Marc est le plus dur envers les défaillances humaines des apôtres dont il fait partie. En témoigne « L'Évangile selon Marc », une fiction de Jorge Luis Borges qui fait froid dans le dos. Quoi qu'il en soit, un lion accompagne Marc, à Venise comme ailleurs, sur maints chapiteaux où il tient sous sa griffe la Bonne Nouvelle.

Un jeune taureau est associé à Luc par une suite de déductions hardies que l'on peut résumer ainsi : puisque son récit commence par la naissance improbable, donc miraculeuse, du Jean Baptiste évoqué plus haut, engendré par un très vieux couple, que le père, Zacharie, de par ses fonctions sacerdotales, présidait aux sacrifices, et que le sacrifice le plus prisé par la Torah était celui d'un taurillon, Luc est taureau. Mais je l'ai vu aussi bien évoqué par un bœuf ailé, sur la mosaïque absidale de la basilique San Clemente, par exemple. Les bœufs aussi étaient bons pour l'holocauste.

À peine écrit ce mot, j'ai eu envie de prendre l'air. Comme je suis à la campagne je suis allée jusqu'à la prairie où un taureau blanc poursuit sa vie tranquille, loin des vaches, et rêve d'encorner des hommes dans un rond de sable.

Dès le premier dimanche de l'Avent, à l'automne, se préparent les crèches. Le sénateur-maire d'une bonne ville de France, après avoir déclaré qu'il n'y recevrait jamais de migrants, a refusé comme d'autres de recevoir une crèche en son hôtel de ville. Qu'il soit félicité pour sa cohérence. Il est en effet plus que raisonnable de refuser l'hospitalité à ceux qui frappent à nos portes quand on la refuse à celui qui commande d'ouvrir grand sa porte ! Chassés de nos mairies, le bœuf et l'âne, auxquels on substitue gaiement des rennes en plastique et des oursons en peluche, se retrouvent vivants sur les marchés, pour le bonheur des enfants.

À cause de l'homonymie, j'entendais dans mon enfance *avant* : avant Noël, avant les cadeaux. Non. Les quatre dimanches de l'Avent, arrivée, avènement, annoncent la naissance d'un dieu dans une étable. À la Noël, j'entonnais ce vieux cantique :

Entre le bœuf et l'âne gris
dort dort dort le petit fils.
Mille anges divins
mille séraphins
volent à l'entour
de ce grand dieu d'amour.

Le seul Évangile relatant sa naissance, celui de Luc, ne mentionne aucun des deux animaux.

Un édit de César ayant ordonné le recensement de la population de l'Empire romain qui se croyait toute la Terre, Joseph et Marie enceinte se rendirent à Bethléem pour se faire inscrire. Joseph à pied, elle assise sur un âne, telle est l'image traditionnelle. À Bethléem elle mit son fils au monde. Elle l'enveloppa de langes et le coucha dans une crèche, dit Luc, parce qu'il n'y avait pas de place pour eux à l'hôtellerie.

France : hôtellerie où il n'y a plus de place.

Crèche : mangeoire, râtelier pour bestiaux dans une étable. Par antonomase, lieu vers lequel une troupe d'anges a conduit des bergers, vers lequel une étoile a guidé trois mages venus d'Orient. Aujourd'hui, désigne les établissements où l'on accueille les tout-petits.

La mangeoire de Bethléem où fut couché le nouveau-né fut transportée par des anges, dit la légende, dans une chapelle à Rome avec quelques fragments de la grotte... Quant au bœuf et à l'âne, on peut les voir dès les premiers siècles du christianisme sur des bas-reliefs de sarcophages romains, des mosaïques, des chapiteaux. Les savants attribuent leur apparition à deux citations croisées, une citation du prophète Isaïe, dans l'Évangile apocryphe du Pseudo-Matthieu, et une citation du prophète Habacuc :

> Au milieu de deux animaux
> Qu'il soit connu.
> Au temps qui s'approche
> Qu'il soit reconnu.

Si l'on s'en tient à la tradition populaire, Frère Bœuf et Frère Âne sont entrés dans la crèche vivante imaginée par François d'Assise à la grotte de Greccio pour fêter Noël en l'an 1223. Des gens comme vous et moi y sont entrés, ainsi que nombre d'animaux. Le Poverello, ce fou, pensait que nous sommes tous frères et sœurs, vous, moi, le soleil et la lune, les loups et les cigales qui dans les blés chantent les louanges du Seigneur.

Qu'un bœuf et un âne partagent leur mangeoire avec le nouveau-né, soit, mais qu'ils l'adorent irrite les protestants comme les catholiques. Le Concile de Trente interdit les crèches vivantes et la représentation de l'humble paire. Les peintres officiels obéirent, les autres non. C'est qu'il faisait très froid, la naissance ayant eu lieu, selon la tradition, au solstice d'hiver, en décembre. Que le souffle tiède de deux animaux ordinaires ait réchauffé le nouveau-né extraordinaire est une invention collective. Comme souvent, l'invention collective est un acte poétique.

Une liturgie intime de Paul Verlaine commence ainsi :

Petit Jésus qu'il nous faut être,
Si nous voulons voir Dieu le Père,
Accordez-nous d'alors renaître

En purs bébés, nus, sans repaire
Qu'une étable, et sans compagnie
Qu'un âne et qu'un bœuf, humble paire […]

L'âne et le bœuf conversent dans *L'Enfant de la haute mer*. Pour Jules Supervielle, ils ne se trouvent pas par hasard dans une étable de Bethléem, ils faisaient déjà partie de la famille au départ de Nazareth :

> Sur la route de Bethléem, l'âne conduit par Joseph portait la Vierge : elle pesait peu, n'étant occupée que de l'avenir en elle.
> Le bœuf suivait tout seul.
> Arrivés en ville, les voyageurs pénétrèrent dans une étable abandonnée et Joseph se mit aussitôt au travail.
> « Ces hommes, songeait le bœuf, sont tout de même étonnants. Voyez ce qu'ils parviennent à faire de leurs mains et de leurs bras. Cela vaut certes mieux que nos sabots et nos paturons. Et notre maître n'a pas son pareil pour bricoler et arranger les choses, redresser le tordu et tordre le droit, faire ce qu'il faut sans regret ni mélancolie. »
> Joseph sort et ne tarde pas à revenir, portant sur le dos de la paille, mais quelle paille, si vivace et ensoleillée qu'elle est un commencement de miracle.
> « Que prépare-t-on là ? se dit l'âne. On dirait qu'ils font un petit lit d'enfant. »
> – On aura peut-être besoin de vous cette nuit, dit la Vierge au bœuf et à l'âne.

S'ils font partie de la sainte Famille, ils appartiennent depuis des temps beaucoup plus reculés à une idée de la famille. Parmi les commandements dictés par Yhwh à Moïse sur le mont Sinaï il y a celui de ne rien convoiter qui appartienne au prochain : ni sa maison, ni sa femme, ni son serviteur, ni sa servante, ni son bœuf, ni son âne. Il est précisé que le jour du sabbat, comme le serviteur et la servante, le bœuf et l'âne ne doivent pas travailler.

Les animaux parlent depuis les commencements, depuis que le serpent s'adressa à Ève. Dans une scène mémorable (Nombres 22), l'ânesse de Balaam – un devin célèbre et cupide, appelé à la rescousse par le roi de Moab pour maudire les Hébreux, ses ennemis – sauve la vie de son maître :

> Le matin Balaam se lève. Il selle son ânesse et part avec les chefs de Moab. Parce qu'il y va la colère de Dieu flambe. Le messager de Yhwh se dresse en adversaire sur son chemin. Balaam est sur son ânesse et deux serviteurs l'accompagnent. L'ânesse voit le messager de Yhwh debout sur le chemin une épée nue

à la main. Elle quitte le chemin et part à travers champs. Balaam la frappe. Il veut la faire revenir sur le chemin. Le messager de Yhwh se place dans un sentier de vignes entre deux petits murs. L'ânesse voit le messager de Yhwh. Elle se serre contre le mur et serre le pied de Balaam contre le mur. Balaam la frappe encore. Le messager de Yhwh va plus loin. Il se poste dans un lieu étroit. Pas de chemin ni à droite ni à gauche. L'ânesse voit le messager de Yhwh. Elle se couche sous Balaam. La colère de Balaam est à son comble. Il frappe l'ânesse de son bâton

Yhwh ouvre la bouche de l'ânesse et elle dit à Balaam

Que t'ai-je fait que tu me frappes violemment ainsi trois fois ?

Balaam à l'ânesse

Tu t'es moquée de moi. Si j'avais dans ma main une épée je te tuerais

L'ânesse dit à Balaam

Ne suis-je pas ton ânesse ? Ne m'as-tu pas chevauchée depuis que tu es jusqu'à ce jour ? Ai-je l'habitude d'agir ainsi ?

Non, dit-il.

Yhwh ouvre les yeux de Balaam. Il voit le messager de Yhwh debout sur le chemin une épée nue à la main. Il s'incline et se prosterne

Le messager lui dit
Pourquoi as-tu frappé ton ânesse trois fois ?
Je suis venu pour t'arrêter car ce voyage est précipité. L'ânesse m'a vu. Trois fois elle s'est écartée. Si elle ne l'avait pas fait je t'aurais tué mais elle je l'aurais laissée vivre.

J'ai recopié la traduction de cet épisode dans la Bible Bayard – dont le principe est que chacun des Livres soit traduit par un « binôme » : un exégète, un écrivain. Jacques Roubaud, frappé par la connaissance des ânes dont témoigne l'auteur de Nombres, n'a pas renâclé à suivre son exégète en supprimant l'« ange » de la tradition, célébrée par les peintres, pour respecter le sens littéral du mot en hébreu : « messager ».

Que les ânesses n'en font qu'à leur tête, qu'elles ne sont guère faciles à rattraper quand elles s'enfuient, les commencements du jeune Saül (pas notre apôtre, mais le futur roi d'Israël) en témoignent. La première mission du plus beau des Israélites, si grand qu'il dépasse tout le monde, est de retrouver les ânesses de son père qui se sont égarées. Le jeune homme part avec un serviteur, ils traversent la montagne d'Éphraïm, le pays de Shalisha, le pays de Shaalim, le pays de Benjamin, sans rien trouver. Au pays de Tsouf, le jeune homme, sur le point de renoncer, dit à celui qui l'accompagne : « Allons ! Retournons, de peur que mon père ne laisse les ânesses pour s'inquiéter de nous » (1 Samuel 9,5). Tendre remarque ! Mais son serviteur signale que tout près habite un homme de Dieu qu'il serait peut-être bon de consulter. Voici comment se fit la rencontre entre Saül et le prophète Samuel – averti par Yhwh qu'il avait choisi ce garçon comme futur chef du peuple d'Israël. Par deux fois Samuel assure que les ânesses ont été retrouvées, mais comme on passe à des choses plus importantes on ne saura pas comment elles sont rentrées à la maison. On peut même se demander si elles ne s'étaient pas égarées exprès pour mener droit Saül au prophète qui allait l'oindre.

Dans l'Ancienne comme dans la Nouvelle Alliance l'âne est le moyen de transport privilégié. C'est la monture d'Abraham, celle de la femme et du fils de Moïse, celle de Marie enceinte sur la route de Bethléem, et un ânon la monture de son fils lorsqu'il entre à Jérusalem, comme Zacharie l'avait prophétisé :

> Sois en fête, fille de Sion, crie ta joie,
> fille de Jérusalem,
> voici venir à toi le bon roi victorieux,
> humblement monté sur un âne,
> un petit d'ânesse.

À l'approche de Jérusalem, de Bethphagé et de Béthanie, Jésus envoya deux de ses disciples chercher l'ânon : « Allez jusqu'au village en face de vous. Dès que vous y serez entrés, vous trouverez, attaché, un ânon qu'aucun homme n'a encore monté. Détachez-le et revenez avec. Si quelqu'un vous demande de quel droit vous faites cela, répondez que le maître en a besoin et le renverra aussitôt après. » Tel est le récit de Marc. Selon Matthieu, c'est une ânesse avec son ânon qu'il demande aux disciples d'aller détacher et de lui amener – l'ânon était-il trop jeune pour être séparé de sa mère ? Sur les deux bêtes les disciples disposent leurs manteaux… Le fils a choisi le fils. Humble et doux, l'âne est la monture évangélique par excellence.

J'aime l'âne si doux
marchant le long des houx.

Il prend garde aux abeilles
et bouge ses oreilles ;

et il porte les pauvres
et des sacs remplis d'orge.

Il faut être du sud-ouest de la France et en avoir l'accent pour entendre « pauvre » rimer avec « orge » ! Tel était le cas du poète Francis Jammes – dont la simplicité fut appréciée par Rilke et par Kafka. Dans *Le Deuil des primevères*, il confie à Dieu aimer tant les ânes qu'il voudrait arriver au milieu d'eux au paradis.

> Mon Dieu, faites qu'avec ces ânes je vous vienne
> [...] et faites que, penché dans ce séjour des âmes
> sur vos divines eaux, je sois pareil aux ânes
> qui mireront leur humble et douce pauvreté
> à la limpidité de l'amour éternel.

Pareil à l'âne se voulait Roger Etchegaray, enfant d'Espelette, qui devint prêtre et cardinal. Dit « le Basque universel » parce qu'il parcourut le monde, coiffé de son béret, chargé de missions par le pape Jean-Paul II. En tout homme, même en des dictateurs cruels comme Saddam Hussein ou Fidel Castro, il cherchait et savait trouver la parcelle d'humanité. C'est lui qui prépara la venue du pape à Cuba. Dans son premier livre *J'avance comme un âne : à temps et à contretemps*, on peut lire : « J'avance, comme l'âne de Jérusalem dont le Messie, un jour des Rameaux, fit une monture royale et pacifique. Je ne sais pas grand-chose, mais je sais que je porte le Christ sur mon dos et j'en suis plus fier que d'être bourguignon ou basque. Je le porte, mais c'est lui qui me mène : je sais qu'il me conduit vers son Royaume et j'ai confiance en lui. »

Espelette, son village natal, est devenu célèbre en Chine grâce à un autre Ezpeletar, le père Armand David, missionnaire et zoologiste, qui « découvrit », soit décrivit le premier de façon scientifique, le panda géant – l'ours blanc aux yeux cerclés de noir devenu depuis une icône du grand pays. Le spécimen vivant qu'il envoya à Paris mourut en route mais il est toujours exposé au Muséum national d'histoire naturelle. Par reconnaissance, un village en Chine porte le nom du père David.

L'âne est un animal merveilleux, confiait Robert Bresson à Jean-Luc Godard après avoir tourné *Au hasard Balthazar*. « J'avais une très grande peur, non seulement en écrivant sur le papier, mais en tournant le film, que cet âne ne soit pas un personnage comme un autre, c'est-à-dire paraisse un âne dressé, un âne savant. J'ai donc pris un âne qui ne savait absolument rien faire. Pas même traîner une charrette. J'ai même eu beaucoup de mal à lui faire traîner la charrette du film. En fait, tout ce que je croyais qu'il me donnerait, il me l'a refusé, et tout ce que je croyais qu'il me refuserait… il me l'a donné. » Ensemble ils évoquent le passage de *L'Idiot* où Mychkine, souffrant d'une tristesse intolérable, éprouvant la sensation que tout lui est étranger, est soudain guéri en voyant un âne et en l'entendant braire.

D'un jambage, notre langue sépare l'âne de l'âme. Et si participait du devenir « athlète spirituel » le fait de se reconnaître plus bête qu'on n'est ? Paul va jusqu'à se qualifier de « pauvre petit avorton ». Dans sa seconde lettre aux Corinthiens se trouve l'aveu, qui après des siècles d'interprétations conserve son secret, qu'il souffre d'une écharde dans la chair. Quelle est cette écharde ? Nous ne le saurons pas. Obéissant à la parole que le Seigneur lui adresse, « la puissance se déploie dans la faiblesse », Paul se complaît, à notre effroi, dans les outrages, les persécutions, les angoisses, jusqu'à déclarer : « Je ne suis jamais plus fort que lorsque je suis faible. »

Un grand cerf dans la vie de saint Hubert et de saint Julien, un petit poisson dans celle de saint Corentin, les moutons de sainte Germaine (qui les laissait sous la surveillance de sa quenouille quand elle allait prier à l'église), Élie et le corbeau, Jean et l'aigle, Jérôme et le lion, Macaire le Grand et son chameau, autant d'alliances que de belles histoires, Roch et son chien, saint Calais et son buffle, saint François et les oiseaux, le même et le loup, saint Antoine et son cochon…

Un cochon, pourquoi pas ? Hugo s'honorait de l'avoir appelé par son nom. Associé à saint Antoine, le cochon n'est plus cet animal considéré impur par les chrétiens les juifs et les musulmans et qui, sur les chapiteaux romans comme dans les livres d'emblèmes, sert de monture aux figures allégoriques incarnant des vices – la saleté, la gloutonnerie, la luxure, la colère. « Ne jetez pas vos perles aux pourceaux, dit Jésus, de peur qu'ils ne les piétinent, et que, se retournant, ils ne vous déchirent. » Dans une scène étrange de guérison d'un démoniaque, les démons, avant d'être exorcisés par Jésus, lui demandent de les laisser se réfugier dans un troupeau de porcs en train de paître sur la montagne voisine. Jésus l'autorise et la scène tourne au suicide collectif. Les esprits impurs sortent du démoniaque, entrent dans les animaux impurs et le troupeau se précipite du haut de l'escarpement dans la mer. « Il y en avait environ deux mille et ils se noyèrent dans la mer. »

Le cochon d'Antoine, lui, est tout auréolé de reconnaissance et d'humilité. Le merveilleux chrétien s'est ingénié à raconter pourquoi et comment l'ermite et lui se sont rencontrés.

Une reine ou un roi d'Espagne (il n'y avait alors ni Espagne ni royauté), elle pour son fils aveugle et paralysé, lui pour son épouse possédée du démon, un comte de Barcelone ou un gouverneur romain de la ville, dont la fille est perdue, font parvenir leur prière à Antoine. Sa renommée a franchi la mer, il est leur dernier espoir. Songeant qu'un miracle pourrait conquérir ces pays à la religion chrétienne, l'ermite s'arrache à ses solitudes. Un nuage lui sert de monture. Les ports de Valence et de Barcelone, entre autres, s'honorent de l'avoir accueilli. Mais dans toutes les versions l'arrivée du cochon, précédé de sa mère, est la même. Le saint a guéri le fils/la femme/la fille de ceux qui l'ont appelé. Or voilà qu'au moment de quitter discrètement les lieux il ne peut plus bouger, retenu au bas de son manteau par une truie – il n'existait peut-être pas à l'époque de ligne de démarcation claire entre cour et basse-cour ! Elle a assisté à la guérison miraculeuse, elle en attend une autre. Il se penche. Cessant de mordiller son manteau, elle pousse vers lui en grognant son petit aveugle et paralysé des deux pattes avant. Antoine a compris. Posant les mains sur lui, il le bénit. Guéri, le petit cochon devient son inséparable, quitte sa mère et gagne avec lui le désert.

À Barcelone, Sant Antoni del porquet est l'objet d'un pèlerinage dit « Els Tres Tombs de Sant Antoni » où l'on fait trois fois le tour du lieu où le saint est censé avoir atterri sur son nuage. Aujourd'hui c'est une grande fête où les animaux sont à l'honneur et bénis. Le patron des animaux est un des saints préférés des Catalans, comme en témoigne cette déclaration d'amour : *Sant*

Antoni es va enamorar d'un porc, sant Joan d'un be, i jo de vostè. « Saint Antoine est tombé amoureux d'un porc, saint Jean d'un agneau, et moi de vous. »

C'est au XIIe siècle, conséquence étrange d'une mort jugée « infâme », que se forgea la légende du couple. Les cochons erraient librement dans les villes médiévales et, se nourrissant d'ordures, servaient en quelque sorte d'éboueurs. Dans la soirée du 13 octobre 1131, le cheval que montait le jeune Philippe, quinze ans, fils aîné de Louis VI le Gros roi des Francs, effrayé par un cochon qui divaguait dans la rue, se cabra. Il renversa le jeune prince dont la tête heurta une pierre et tombant à son tour l'écrasa. Cette mort par un « *porcus diabolicus* » effraya le royaume entier. Le roi promulgua alors un édit interdisant de laisser les cochons en liberté dans les rues. Toutefois, les moines de l'abbaye Saint-Antoine de Paris, aujourd'hui disparue, s'étant plaints, il leur accorda par dérogation de laisser leurs porcs errer librement à condition qu'ils portent une clochette au cou.

L'ordre récent des Antonins jouissait d'une grande notoriété. Un seigneur du Dauphiné avait rapporté d'un pèlerinage en Terre sainte les reliques de saint Antoine et les avait déposées dans l'église de son village – qui prit bientôt le nom de Saint-Antoine-l'Abbaye. Lors d'une épidémie du mal des ardents, un jeune homme atteint par le feu sacré avait approché les reliques et fait vœu, en cas de guérison, de se consacrer aux malheureux. Guéri, il avait fondé avec son père l'ordre des Antonins. Grâce aux bons soins de ces moines, en particulier grâce à la nourriture qu'ils distribuaient – pain de froment et non de seigle, dont l'ergot était responsable du mal, viande de cochon, l'ami du saint, pleine de vitamines et dont la graisse servait à la confection d'un baume –, nombre des victimes de cette terrible épidémie guérirent. Prenant le nom du guérisseur, le « mal des ardents » fut appelé « feu de Saint-Antoine ».

Les Antonins allaient vêtus comme les Cordeliers – robe de bure ou de gros drap, corde nouée autour de la taille dont les trois nœuds rappellent les trois vœux : pauvreté, chasteté, obéissance. C'est ainsi que l'ermite est le plus souvent représenté dans les églises ou au coin des rues (à Paris, par exemple, au 2 rue du Faubourg-Saint-Denis), avec à ses pieds un petit cochon, rose ou noir si on passe à la couleur. Mais dans les musées comme dans les livres ce sont plutôt les tentations dont il fut victime qui enflamment l'imagination des peintres et des écrivains.

Selon saint Athanase, qui lui rendit visite à plusieurs reprises et qui écrivit sa vie, saint Antoine parlait moins des tentations que des visions effroyables et des attaques physiques qu'il subissait de la part du diable. Dit autrement par Rimbaud dans le dernier poème d'*Une saison en enfer* : « Le combat spirituel est aussi brutal que la bataille d'hommes. » Une fois, l'ermite est battu avec une telle violence qu'il est laissé pour mort. Une autre fois, les démons ayant pris l'apparence de bêtes féroces, il est déchiré à coups de dents, de cornes et de griffes. Lorsqu'une clarté divine met fin au tourment et qu'Antoine demande : « Où étiez-vous, bon Jésus ? Où étiez-vous ? Que n'étiez-vous là dès le commencement pour me prêter secours ! », il s'attire cette peu banale réponse : « Antoine, j'étais ici, mais je restais te regarder combattre. »

Ses combats ont hanté Flaubert. Jamais saint catholique, à ma connaissance, n'a davantage hanté un saint de la littérature. Quelques dates permettent d'en juger : Gustave Flaubert a vingt-quatre ans lorsqu'il découvre à Gênes le tableau de Breughel, vingt-huit ans lorsqu'il achève la première version de *La Tentation de saint Antoine*, trente-cinq ans lorsqu'il la reprend – après *Madame Bovary* –, quarante-neuf ans lorsqu'il établit la version définitive – *L'Éducation sentimentale* à peine terminée. Quel lien intime unit l'ermite de Croisset à l'ermite de la Thébaïde ? *La Tentation* : jamais singulier ne m'a davantage intriguée tant sont nombreux les assauts du démon. L'épreuve que le jeune écrivain s'imposa lorsque, à Croisset, il lut à voix haute la première version à ses amis Louis Bouilhet et Max Du Camp – lecture qui dura trente-deux heures, quatre jours, de midi à quatre heures et de huit heures à minuit –, étant convenu qu'ils n'exprimeraient leur opinion qu'après avoir entendu l'œuvre entière et décideraient de son sort, fait frémir, surtout leur conclusion : « Nous pensons qu'il faut jeter cela au feu et n'en jamais reparler. »

Le cochon – auquel, on l'aura compris, je suis très attachée – a disparu de la version définitive. J'en suis fort marrie. Son idée du bonheur (« Que ne suis-je dans la basse-cour, près le ruisseau des écuries, à m'épater tout de mon long dans la bousée claire des petits veaux ! ») m'égayait et son « je m'embête à outrance », cet ennui qu'il partage avec l'ermite de la Thébaïde et l'ermite de Croisset, ce colossal ennui qu'il nous arrive de ressentir en religion comme en littérature, je me flattais de le connaître.

Supprimer le cochon éloigne aussi de l'enfance. Le tableau que Gustave a découvert à Gênes lui a remis en mémoire une *Tentation de saint Antoine* qu'il a vue et revue, enfant, à la foire Saint-Romain de Rouen, un spectacle de marionnettes auquel il retournera maintes fois, y conviant ses amis Tourgueniev, Feydeau ou George Sand. La baraque foraine du père Legrain, le montreur de marionnettes, était fameuse vingt lieues à la ronde. J'ai lu à propos de ce spectacle que les diablotins appelés par Satan, pour comble de méchanceté, enlevaient à Antoine son compagnon, et lorsque le saint implorait : « Rendez-moi mon cochon, s'il vous plaît », les spectateurs mêlaient leurs supplications à celle de l'ermite. Je me serais volontiers jointe au chœur des suppliants : « Rendez-moi mon cochon, s'il vous plaît » !

Quand Antoine Vitez prit la direction du théâtre de Chaillot, dont il inaugura la grande salle avec *Faust*, il réserva un espace au castelet des petits personnages en bois. Il aimait rappeler que Goethe avait découvert à l'âge de cinq ans l'histoire du docteur Faust et de son pacte avec le diable sur un théâtre de marionnettes.

Porter la tenue de combat selon l'apôtre Paul c'est avoir pour ceinture à ses reins la vérité, pour cuirasse la justice, pour bouclier la foi, pour casque le salut, pour épée la parole de Dieu et, aux pieds, le zèle ou la hâte d'annoncer la paix – détail qui renvoie à ce verset plein d'oxygène d'Isaïe : « Qu'ils sont beaux sur les montagnes les pieds de celui qui apporte de bonnes nouvelles. » En un mot, l'athlète spirituel est presque un saint. Nous l'admirons, il ne devient pas pour autant notre ami. Avouons que nos amis ne sont guère des athlètes.

On part comme ça fièrement sur le chemin de Damas, dans des pays des paysages inconnus, et quelques semaines ou quelques mois plus tard on se retrouve modestement ramené aux siens, dans la ville même qu'on habite, bien aise de retrouver son univers. Le mystère habitait donc la porte à côté.

Je l'ai d'abord retrouvé dans un pauvre rez-de-chaussée au fond d'une cour, 7 rue Ravignan, quartier des Abbesses. Max Jacob revenait de la Bibliothèque nationale où il avait travaillé tout le jour, il avait déposé sa serviette, ôté ses chaussures, s'était penché pour prendre ses pantoufles quand, relevant la tête, il vit quelqu'un. « Il y avait quelqu'un sur le mur, il y avait quelqu'un sur la tapisserie rouge. Il y avait sur mon mur un Hôte. Je tombai à genoux, mes yeux s'emplirent de larmes soudaines. Un ineffable bien-être descendit sur moi, je restai immobile, sans comprendre. » Il est revenu maintes fois sur cette apparition qui allait s'imprimer dans sa vie et son œuvre. Il y revient encore en 1944, quelques jours avant d'être arrêté et conduit au camp de Drancy où il meurt le 5 mars, une trentaine d'heures avant sa déportation programmée par le convoi n° 69 pour Auschwitz. « C'est en septembre 1909 que je vous connus sous la forme d'un jeune homme élégant en robe jaune et bleu, c'était un ange, ce n'était pas vous mais il vous ressemblait, à vous tel que vous vîntes sur la terre il y a deux mille années et sa chevelure était la même. » Dieu, qui connaît nos goûts, avait choisi pour messager un jeune ange très élégant, « d'une élégance dont rien sur terre ne peut donner idée ». Vu d'abord de dos, sa longue chevelure tombant sur les épaules, puis se tournant, vêtu d'une longue robe de soie jaune clair, ornée de parements bleu clair, debout dans une campagne qui – comble de délicatesse – était le paysage agrandi d'une aquarelle que

Max lui-même avait peinte quelques mois plus tôt.

Notre ami, cette année-là, avait un âge fatidique : trente-trois ans.

Bien des commentaires ont tenté d'expliquer l'inexplicable, la conversion soudaine de ce juif breton, passionné par la Kabbale, l'astrologie et la chiromancie. S'était-il drogué ce jour-là ? Avait-il pris ou non de l'éther ? La conversion fut définitive. En témoignent, entre autres, *Saint Matorel* puis ses *Œuvres burlesques et mystiques*, ou ce « Christ à Montparnasse » qui est le journal de sa conversion : *La Défense de Tartufe. Extases, remords, visions, prières, poèmes et méditations d'un Juif converti* (1919). Baptisé six ans après sa première vision du Christ, parrain Picasso, qui lui offrit une *Imitation de Jésus-Christ*. Picasso le cynique définissait le bon catholique comme étant « un homme qui a un grand appartement, une famille, des domestiques et une auto », Max n'avait rien de tout ça, ce qui l'aida sans doute à devenir un vrai catholique. Plutôt que de continuer à conseiller chaque matin le couturier Paul Poiret sur la couleur de ses chaussettes et de sa cravate, il se retira une première fois à Saint-Benoît-sur-Loire l'année même où paraissait *Le Laboratoire central.*

Jacob, l'excentrique venu de Quimper, aurait converti Reverdy, le rigoureux monté de Narbonne. À en croire Stanislas Fumet, le récit de la Passion du Christ mimée par Max, grand comédien devant l'Éternel, aurait bouleversé Pierre aux larmes. Difficile d'imaginer une amitié entre deux poètes si différents. Pourtant elle exista, s'interrompit, recommença. Max accueillit Pierre dès qu'il arriva à Paris, dans sa pauvre pièce de la rue Ravignan, qui ne se trouvait pas loin du Bateau-Lavoir. Un conflit mystérieux les opposa quand Reverdy en 1915 publia un petit recueil intitulé *Poèmes en prose* et que

Jacob eut l'impression d'avoir été volé de son propre travail sur le poème en prose – futur *Cornet à dés*. Il raconta à ses amis que sur sa table, un jour, Reverdy avait pris son manuscrit et, s'approchant du poêle, avait fait mine de l'y jeter en disant : « Est-ce que tu en as un double ? », et Max de répondre : « Non, mais j'ai un revolver. » Reverdy, lui, dit avoir vu une espèce de malle grande ouverte pleine de papiers. Intrigué, il se serait penché et Jacob en aurait rabattu brusquement le couvercle comme s'il lui fermait la porte. Il en fit un court roman, *Le Voleur de Talan*, où le « Voleur » c'est lui, et Max le mage Abel, un homme qui écrit « parmi les anges » dans une chambre profonde et noire comme un puits, et dont l'obsession, être volé, en suscite une autre : « celle de faire partie de ces gens malhonnêtes et sans talent qui ne vivent que parce qu'ils volent Max Jacob ».

Le Voleur était tellement surpris de
son larcin qu'il ne savait plus où le
mettre

Il ne suffit pas d'être innocent
Il faut aussi que le monde sache que nous
le sommes
Un criminel dormirait plus tranquille
puisqu'il n'y aurait pas contre lui d'in-
justice commise

Mais on peut supporter avec fierté la torture
effroyable du soupçon.

C'est en tant que libre penseur que Reverdy déclare avoir choisi librement Dieu : « Je choisis librement entre Dieu et tous les systèmes que l'esprit de l'homme impuissant à suivre sa simple et seule voie a pu fonder pour arriver à se glorifier lui-même. Je choisis entre Dieu et l'homme. » Il suit humblement les étapes. Baptême, première communion, mariage à Saint-Pierre de Montmartre, parrain : le mage Abel. L'aspect essentiellement éthique de son choix conduit à l'austérité, tandis que le Dieu de Jacob ne congédie pas sa cocasserie, ni ses dérèglements verbaux – sans parler des autres ! S'étant rangé parmi les « pénitents en maillots roses », il s'irrite de la rigueur de son filleul, lequel quitte Paris, à trente-sept ans, s'installe définitivement avec sa femme près de l'abbaye de Solesmes, où il pratique trois années durant l'athlétisme bénédictin.

Le Gant de crin (1927) en témoigne : « Notes sur l'art qui est de l'homme, – l'homme qui est de Dieu, – la religion, qui suspend l'homme à Dieu. » Toute représentation de Dieu insupportait Reverdy, à l'exception de la communion reçue sous forme d'une hostie, « parce qu'elle m'apportait Dieu sous le minimum de matière, sans épaisseur et sans forme autre que ce petit rond parfait ». De nouvelles définitions de l'image – qui avaient commencé à paraître dans sa revue *Nord-Sud* (seize numéros, de mars 1917 à octobre 1918), baptisée du nom de la première ligne du métro parisien qu'il empruntait quotidiennement – y croisent ses pensées neuves. Mais la pratique religieuse des « oblats », loin de suspendre le poète à Dieu, suspend leur relation. Il s'en explique avec sa netteté habituelle dans *Le Livre de mon bord (Notes 1930-1936)* : « On part à la recherche de Dieu, comme on dit, et l'on trouve une religion. Un culte au lieu de l'objet de ce culte. Une route encombrée d'indicateurs, de colis et de bagages au lieu d'une voie royale libre en rapport avec notre besoin de libération. » Et, plus grave : « La foi, c'est un cran d'arrêt dans la course à la vérité. Une chose est être avide de foi, une autre être avide de vérité. »

Jacob ne fait pas ce distinguo. Il reste fidèle au Seigneur, vêtu ou non de soie jaune à parements bleus, qui se définit comme étant le chemin, la vérité et la vie. Reverdy s'en sépare. Sans jamais s'éloigner longtemps de Solesmes, où il mourra.

Cran, mot dur, d'origine gauloise, cran d'arrêt, encore plus dur. Les époux Maritain vécurent un cran d'arrêt à la philosophie qu'ils étudiaient à la Sorbonne. De Spinoza et de Nietzsche seuls leur venaient « quelque allégresse et bien-être de l'esprit ». Péguy leur suggéra de traverser la rue, de passer de la Sorbonne au Collège de France pour suivre les cours de Bergson. Soit. Mais c'est à la lecture d'un roman, *La Femme pauvre*, de Léon Bloy, qu'ils se convertirent. Ils se firent baptiser, parrain : Léon Bloy. Abandonner la philosophie était un sacrifice immense. Il avait beau figurer à leurs yeux un abandon pour la « vérité », quelque chose en eux résistait. Un docteur les sauva, le docteur angélique. C'est ainsi que Jacques et Raïssa Maritain se firent thomistes. Au même moment, le docteur Thomas d'Aquin qu'il lisait à la bibliothèque Sainte-Geneviève inspirait à James Joyce ses *Épiphanies* en lui présentant un panier. Voilà que, une fois appréhendé comme chose – *integritas* –, identifié comme objet, résultat et somme de ses parties – *consonantia* –, le panier se mit à rayonner – *claritas*. Son âme se dégagea mystérieusement d'un bond et se manifesta. L'épiphanie du panier enchanta le cœur de Stephen le Héros et Joyce commença à guetter ces moments où la réalité de la chose vous envahit comme une révélation. Ce peut être l'âme de l'objet le plus commun aussi bien qu'une manifestation de langage, une parole vulgaire, un geste trivial, peu importe pourvu qu'il y ait détonation. Mais là nous entrons en littérature.

Il existe une autre version du « pas vers Dieu » de Pierre Reverdy. Accablés par les difficultés matérielles, le poète et sa femme étaient frappés par l'appui que Max Jacob, aussi misérable qu'eux, leur semblait trouver dans la religion. « Si on essayait ? » aurait dit Pierre à Henriette.

L'exercice de la pauvreté que Max Jacob pratiqua, dans ses chambres successives à Paris et les cellules qu'il occupa à Saint-Benoît-sur-Loire, il en parle à son habitude avec humour et provocation dans *Filibuth ou la Montre en or* : « À l'avènement de NS Jésus dans ma vie et dans mon cœur, la nudité de mon habitation, les trois planches où gisent mes manuscrits, ma toilette en fer émaillé et mes livres, le sommier sur quatre briques, ma familiarité avec des vieillards malades, une femme cochère et des mendiants, me parurent faits pour plaire au Divin Consolateur des Faibles et, quelque bien qu'il pût m'advenir, je résolus d'augmenter mes aumônes et non mon loyer. »

Pire est la pauvreté qu'accompagne la misère spirituelle. Le froid se fait alors insoutenable. C'est ce froid qu'affrontent plusieurs personnages des romans de Bernanos, particulièrement ses religieux, l'abbé Donissan, le curé de Fenouille, ou cet autre curé de campagne qui tient un Journal dans l'espoir de se réchauffer un peu, de converser avec Dieu des petites choses et contourner les difficultés de l'oraison. Pour Bernanos, c'est dans le froid, contrairement à la fournaise évoquée par les textes saints, que se tient Satan. Comme au neuvième cercle de l'Enfer où les ombres gelées claquent des dents et où Dante, plus mort que vif, voit Lucifer, gigantesque empereur du douloureux royaume, surgir à mi-poitrine de la glace.

Dans l'extraordinaire édition des *Cahiers de Monsieur Ouine* établie par l'abbé Pezeril, on peut voir sur la page de gauche le texte définitif du roman et sur la page de droite le brouillon que Bernanos appelait son « fumier de Job ». On le voit sinon trembler du moins avancer à tâtons, bégayer, raturer, reculer, repartir. Sur un océan démonté en bas de casse surnagent quelques caractères en gras – ce qui demeurera. Daniel Pezeril a mis à la file ce qui était biffé, signalé d'un point chaque abandon. Un exemple : nous sommes dans l'église de Fenouille après le meurtre du petit valet des Malicorne. Tout le village, qui ne la fréquentait guère, s'y retrouve pour l'enterrement, et le curé adresse une sorte d'admonestation tragique à cette « paroisse morte », avouant son désespoir, son impuissance, il balbutie, s'interrompt. Dans ce dur silence le vieux de Vandomme se lève et dit sourdement : « Le garçon n'était pas coupable. » Alors le curé retrouve la parole : « **Et maintenant le mal ne vous tient plus chaud reprit le curé de Fenouille.** Les paroles du vieil homme avaient. les paroles du vieil homme. Il semblait que les paroles du vieil homme eussent. La colère. **Il semblait que les paroles** du vieil homme **eussent rompu l'enchantement qui.** te. tenait. **tenait sa langue collée au palais – vous êtes tout.** vous êtes tout transis. tout froids. **transis, tout froids,** mes amis, un grand saint l'a dit. **L'Enfer, c'est le froid.** »

Le « Soleil du soleil » que Saül de Tarse a rencontré, à midi, sur le chemin de Damas l'a transformé. Le « soleil de Satan » que l'abbé Donissan rencontre, en pleine nuit, sur le chemin d'Étaples n'a pas ce pouvoir.

Il fait un froid à pierre fendre ou à fendre l'âme, l'abbé s'est égaré, il tourne en rond. Satan cette nuit-là a pris l'aspect d'un maquignon jovial qui propose son aide et de remettre l'abbé sur la bonne route. Au cours d'un long combat de paroles, il laisse échapper son identité : « Je suis le Froid lui-même. L'essence de ma lumière est un froid intolérable. » Dans cette histoire, la faiblesse physique vient au secours de la faiblesse morale. Un carrier, au matin, trouvera l'abbé sur le chemin, évanoui.

On dit du froid qu'il mord. Et Ignace de Loyola : « Le propre de l'esprit mauvais est de mordre… »

« En 1207, écrit Bernanos dans *Les Grands Cimetières sous la lune*, un petit homme commençait à courir les routes de l'Ombrie. Il annonçait aux hommes une nouvelle très surprenante, l'avènement de la Pauvreté. » Or c'est elle, la Pauvreté, que l'écrivain reconnaît sur ces charretées de paysans épuisés, suspects de peu d'enthousiasme pour le « Mouvement » des quatre généraux, supposés républicains parce qu'ils sont pauvres, raflés chaque soir au retour du travail et que l'on mène au mur du cimetière afin de les fusiller au plus près de la tombe.

Il séjournait à Palma de Majorque – où la vie était moins chère qu'à Paris – quand éclata la guerre civile. La colère qui court dans *Les Grands Cimetières* a bien des causes, l'indignité de l'épiscopat espagnol en est une, mais celle que nous retenons ici est que les premières victimes de l'armée fasciste soient des paysans pauvres. Et Bernanos de s'emporter contre ceux qui font de la littérature avec le plus connu des pauvres de Dieu : « Je comprends que vous soyez las de ma littérature, c'est votre droit. Moi je suis las de la vôtre. Chaque fois que l'occasion s'en présente, vous écrivez des pages et des pages sur le mouvement franciscain, et le plus effronté d'entre vous n'oserait affirmer sans rire que le sort des Pauvres – compte tenu de l'immense progrès matériel réalisé dans le monde depuis la mort du Poverello – se soit grandement amélioré. » Avec cette ironie mordante dont nous sommes si dépourvus il nous lance au visage : « Il y a un moyen de tout arranger : organisez le culte du Pauvre Inconnu. Vous l'enterrerez place de la Bourse, et désormais on ne verra plus à Paris un roi de l'acier, de la houille ou du pétrole qui ne considère comme un devoir de venir déposer une couronne sur la dalle sacrée. »

Remémorons-nous un accès d'humeur fraternel : Maurice Pialat au Festival de Cannes en 1987. À l'annonce par Yves Montand, président du jury, que la Palme d'or du meilleur film lui a été décernée à l'unanimité pour *Sous le soleil de Satan*, des huées, des sifflets se mêlent aux applaudissements. Pialat monte sur scène rejoindre ses interprètes, remercie des sifflets, déclare : « si vous ne m'aimez pas, je peux vous dire que je ne vous aime pas non plus » et lève le poing.

Il est vrai qu'au siècle dernier des lignes et des lignes venues de divers horizons cherchèrent à encager l'ami des tourterelles.

Le triste Abel Bonnard dans son *Saint François d'Assise* (1929) réussit le tour de force – l'Action française venant d'être condamnée par Pie IX – de ne prononcer ni le nom de Jésus ni le mot Évangile. Jésus est l'« Être charmant », un « Prince », autant dire un « fils de roi » à la Gobineau ! Bonnard admire surtout ces « moines du paysage » que sont les cyprès. Francis Jammes, lui, nous fait partager *Le Rêve franciscain*. Ses *Petites Fleurs* en vers et prose forment un bouquet qui ne fane pas. Quant à Julien Green, il confiait qu'après avoir écrit les dernières lignes de son *Frère François* il n'avait pas éprouvé le soulagement attendu, mais « un peu de l'amertume d'une fausse joie ». Car François est l'un des saints que l'on rejoint pour recouvrer sinon la joie, du moins l'esprit d'enfance.

L'alliance de la joie et de la pauvreté, Joseph Delteil nous la fait découvrir. Il baigne François dans la matière qui porte vers Dieu, comme voulait Teilhard de Chardin.

La puissance spirituelle de la matière c'est la sensualité, le parler de toutes les couleurs, le souffle, les images qui la créent, la gaieté. « Aimeriez-vous mieux une benoîte image avec stigmates sur mesure et barbichette *in æternum* ? » Pour accompagner François, Delteil « emparadise » la langue, la met nue « pour la chanter toute crue ». Avec lui il grimpe le mont Alverne : « Nous allions d'un bon pas, de jasse en crête, le long du torrent. » Le passé devient présent éternel. « Ça se passe ce matin même, sur la Grand-Place de votre patelin, place aux Herbes à Carcassonne, place du Vieux-Marché à Rouen, place de l'Œuf à Montpellier – à Assise, c'est la place Saint-Georges. » C'est Delteil le plus proche de ces chefs-d'œuvre du cinéma italien que sont *Les Onze Fioretti de François d'Assise* de Roberto Rossellini et *Uccellacci e Uccellini* de Pier Paolo Pasolini, avec Totò dans le rôle de celui qui parle aux oiseaux.

Et voler comme les oiseaux ? D'une lettre de François de Sales à Jeanne de Chantal : « Pour un remède donc, ma chère fille, puisque vous n'avez pas encore vos ailes pour voler et que votre propre impuissance met une barrière à vos efforts, ne vous débattez point, ne vous empressez pas pour voler ; ayez patience que vous ayez des ailes pour voler comme des colombes. »

Les colombes ignorent heureusement les symboles dont on les a chargées, elles ne pourraient plus voler ! Dans la haute Antiquité, on les offrait en sacrifice aux déesses de l'amour, Astarté, Aphrodite. Parce que la colombe roucoule ou parce qu'elle est monogame ? Elle occupe une place éminente dans la Bible depuis sa première apparition. On se souvient qu'après le Déluge, colère et punition de Yhwh, le vieux Noé (six cents ans), pour voir si les eaux avaient diminué à la surface de la terre, ouvrit la fenêtre qu'il avait faite à l'arche et lâcha le corbeau, puis la colombe, qui revinrent, n'ayant pas trouvé où se poser. Sept jours après, il lâcha de nouveau la colombe. Elle revint le soir un rameau d'olivier dans le bec. Il sut alors que les eaux avaient baissé mais attendit encore sept autres jours pour la relâcher. Cette fois, la colombe ne revint pas.

Que le symbole de la paix entre Dieu et sa création soit devenu le symbole communiste de la paix, on le doit à Picasso. En 1949 le PC, dont il était membre, lui demanda d'imaginer une affiche pour le congrès du Mouvement mondial des partisans de la paix. Ainsi naquit la célèbre colombe, un rameau d'olivier dans le bec. L'affiche couvrit les murs de bien des villes de l'Europe de l'Est. Dans des pays du bloc communiste la colombe figura même sur un timbre. En bon Espagnol, Picasso n'ignorait rien du catholicisme. Il joua un rôle dans la conversion de Max Jacob et fut, on l'a vu, son parrain. Proche aussi de ce républicain catholique qu'était José Bergamín – l'écrivain qui au nom des intellectuels antifascistes lui commanda *Guernica* pour le pavillon espagnol de l'Exposition universelle de 1938 à Paris. Bergamín, à la question posée : « Jusqu'où irez-vous avec les communistes ? », donnait cette admirable réponse : « Jusqu'à la mort. Mais pas un pas de plus. »

Picasso, dans son atelier, avait en cage des pigeons blancs. La virilité de sa première colombe – celle de l'affiche – s'en ressent. La même année 1949 lui naquit une fille qu'il prénomma Paloma, Colombe en espagnol. Celle-ci prénomma sa fille Paz, Paix, et n'hésita pas à prêter son nom à une voiture et à un parfum.

Jemima en hébreu, Colombe est le prénom de la première des trois filles de Job après que Yhwh a restauré sa fortune. Il est précisé que dans tout le pays on ne trouvait pas d'aussi belles femmes que ses trois filles. Avec la paix la colombe, par sa blancheur, symbolise la pureté, une beauté pure et chaste. « Que tu es belle, mon amie, tes yeux sont des colombes », s'exclame l'Époux dans le Cantique des cantiques.

> Ouvre-moi, ma sœur, mon amie
> Ma colombe, mon immaculée.

L'Épouse du cantique attribué à Salomon est tout à la fois sœur, amie, fiancée. Elle appelle une campagne d'images (son corps, froment entouré de lys, ses seins, deux faons, ses cheveux… comme un troupeau de chèvres accrochées au flanc de la montagne de Galaad) sans allusion aucune à une possible maternité. Il n'en est pas de même avec la jeune Marie de Nazareth, quand l'ange Gabriel vient lui annoncer qu'elle est bénie entre toutes les femmes parce qu'elle enfantera un fils dont le nom sera Jésus.

Si la chrétienté a accepté que Marie soit enceinte par l'opération du Saint-Esprit, c'est aux peintres de la Renaissance que revient le mérite d'avoir introduit l'Esprit-Saint sous forme d'une colombe dans la scène fameuse de l'Annonciation. À peine discernable au-dessus de Marie dans le Fra Angelico du couvent San Marco, très présente chez Fra Filippo Lippi, au milieu du tableau qui se trouve à Munich et où Dieu le Père, perché en haut à gauche, semble l'envoyer droit sur la jeune fille. Mais pourquoi en colombe ? Quand le fils de Zacharie, qui vivait au désert nourri de sauterelles et de miel sauvage, baptisa Jésus dans les eaux du Jourdain, il vit les cieux s'ouvrir, l'Esprit-Saint descendre sous forme d'une colombe et demeurer sur Jésus tandis que résonnait la voix du Père : « Celui-ci est mon fils bien-aimé. » L'oiseau incarna dès lors cet Esprit.

Présente dans de nombreuses annonciations, la colombe l'est beaucoup moins dans les déplorations. Si les Pietà représentant Marie en *Mater dolorosa* – le corps de son fils sur les genoux – sont nombreuses, les témoignages de la compassion du Père et de l'Esprit-Saint en cette circonstance sont plus rares. Il faut de l'audace pour imaginer la Trinité momentanément défaite à la mort d'une des trois personnes composant le Dieu unique. Dans la *Pietà* ronde de Jean Malouel, au Louvre, une toute petite colombe, sans nimbe et de profil, paraît s'envoler de la barbe blanche du Père et se prendre dans les épines de la couronne du Fils. Une colombe autrement vigoureuse préside, au Prado, à *La Trinidad* du Greco inspirée d'une gravure de Dürer : au ciel sur un nuage, escortée par six anges, elle abrite la douleur du Père qui tient dans ses bras le cadavre du Fils. Toujours au Prado, un bouleversant tableau de Ribera. La scène est au ciel, où un vieillard assis sur un trône tient la tête du cadavre de son fils sur les genoux, la main posée sur ses cheveux. Entre leurs visages une colombe étend ses ailes, mouvement repris et élargi par les bras du

Christ, grandes ailes mortes. Dans la *Trinité* du maître de Flémalle (à l'Ermitage), les trois sont rassemblés sur un trône abrité par un dôme ou une tente blanche. Sur le bras droit du Père, plus sévère qu'affligé, repose le torse du Fils. Une colombe hausse les ailes entre leurs visages, menaçante comme un oiseau de proie. Inquiétude.

Un lâcher de colombes à la sortie des nouveaux époux, d'une église ou d'une mairie, était présage de bonheur. Un lâcher de colombes lors d'un décès signifiait l'âme libérée du corps.

Le signe de ralliement secret des premiers chrétiens en proie aux persécutions romaines était le poisson. Ils auraient vu dans le terme grec *ichtus* un acronyme du nom chéri, *Iesos Christos Theos Uios Sôter*, soit Jésus Christ Dieu Fils Sauveur. Certains expliquent qu'au quatrième jour de la Création les animaux se mouvant dans l'eau furent les premiers, avant les oiseaux qui volent dans le ciel. D'autres expliquent que les poissons nagent souvent à contre-courant, comme les paroles de Jésus. Qu'ils n'ont pas de paupières, veillent tout le temps, et sont un modèle, car les Évangiles demandent sans cesse de ne pas dormir, de ne pas nous endormir, puisque le maître peut arriver à n'importe quelle heure. Le maître ou la mort ? Ce qui m'inquiète évidemment, mon sommeil étant remarquable. Née en mars, mon signe astrologique – est-ce bien catholique ? – fait ce qu'il peut pour me rassurer.

Le baptême de Jésus par Jean Baptiste dans le Jourdain impressionna si fortement Tertullien, Berbère converti, qu'il nous considéra désormais comme autant de petits poissons ne pouvant vivre que dans l'eau autour du grand poisson.

« Le propre de l'esprit mauvais est de mordre, d'attrister… », poursuit Ignace de Loyola. L'antonyme de la tristesse est une promesse qui revient souvent en bouche de Jésus : la joie. « Votre peine se changera en joie, et votre joie, personne ne vous l'enlèvera. » Blaise Pascal signa ce pacte avec le christianisme lors de sa « nuit de feu ». Après sa mort, plié et cousu dans la doublure de son pourpoint, on trouva un parchemin qui fut remis à sa sœur aînée. Mémorial de cette nuit (23 novembre 1654), conservé contre son cœur, qui contenait ces mots : « Joie, joie, joie, pleurs de joie. »

Pourquoi un instrument de supplice est-il devenu le symbole de la foi ? Pourquoi ce qui est le plus représenté dans les églises est-il la souffrance, Jésus crucifié, cloué sur la croix, et, avant, les crachats, la couronne d'épines, les quatorze stations du chemin qui monte vers le Calvaire, les chutes sous le poids de la croix ? Certes, il existe aussi, debout, assis, un Christ en gloire, en majesté. Il tient souvent un livre dans la main gauche et bénit de la main droite – deux doigts tendus symbolisant sa double nature, humaine et divine, les trois autres joints figurant la Trinité. Mais ce Christ *Pantocrator*, soit tout-puissant, baigné de lumière, Sauveur du Monde, est plus byzantin qu'occidental. Ici on privilégie la douleur vécue sur la joie promise. Sauf en plein air, quand c'est Apollinaire qui officie et chante :

C'est le beau lys que tous nous cultivons
C'est la torche aux cheveux roux que
    n'éteint pas le vent

C'est le fils pâle et vermeil de la douloureuse
mère
[...]
C'est Dieu qui meurt le vendredi
et ressuscite le dimanche
C'est le Christ qui monte au ciel mieux que
les aviateurs
Il détient le record du monde
pour la hauteur

Ma nièce retira sa fille de l'enseignement du catéchisme et m'en donna pour explication que ça l'attristait. Étonnant. Étonnant qu'un Dieu qui meurt le vendredi et ressuscite le dimanche puisse attrister une petite fille ! Un début de réponse est peut-être à trouver dans les greniers du christianisme et la façon dont *La Légende dorée* en particulier s'empara des martyrs. Battus, brûlés, sciés, lapidés, flagellés, livrés en pâture à des fauves affamés, ils mouraient avec joie ! La souffrance joyeuse a traversé les siècles et rejoint la petite Thérèse de Lisieux. *Thérèse,* film impressionnant d'Alain Cavalier, obtint le prix du Jury au Festival de Cannes 1986, sans huées ni poing levé.

« Le propre de l'esprit mauvais est de mordre, d'attrister et de mettre des obstacles pour empêcher d'aller de l'avant. » Voilà enfin citée en entier cette phrase extraite des *Exercices spirituels* – que j'ai lus sans les pratiquer.

Parmi les obstacles, compter aussi les petites choses. La laideur des objets du culte, par exemple, dont s'indignaient Huysmans et après lui Reverdy. La laideur des nouveaux cantiques, entonnés par des paroissiennes dévouées qui déraillent dans l'aigu, défaillent dans le grave, battant avec ardeur la mesure alors que personne dans l'assemblée ne chante. Nous sommes trop vieux, nous ne reconnaissons plus les airs d'autrefois, et les rares jeunes gens sont mutiques. Même les Psaumes pâtissent d'une musique qui ôte tout désir de partager la louange. Vaine attente de la beauté – un choral de Bach par exemple, *Jésus que ma joie demeure.* Vaine attente d'un silence bienfaisant. Entendre des expressions aussi moches que « faire mémoire » alors qu'il existe les « souvenons-nous », souffrir dans la prière du *Notre Père* au « Pardonne-nous nos offenses comme nous pardonnons à ceux qui nous ont offensés » l'adjonction de l'adverbe « aussi » – « comme nous pardonnons aussi » – qui semble aligner le pardon de Dieu sur le nôtre, implorer le Seigneur de ne pas nous laisser « entrer en tentation », bref, autant de maux – qu'on peut aussi bien écrire mots – qui éloignent des autels.

Et si l'enlaidissement était un faux prétexte pour préférer les musées – surtout le dimanche matin ? Si l'appauvrissement en brebis, bergers, prairies de cette Église qui fut si puissante et riche était un bienfait ? S'il reconduisait à l'ardeur cachée ? Si le silence à déplorer était plutôt dans les bourgs, les villages, celui des églises fermées dont les cloches ne sonnent plus ? D'une messe à l'autre, le dimanche, les nouveaux curés de campagne parcourent des kilomètres pour assurer la Présence, tandis qu'en semaine les vieux chrétiens consultent aux portes des églises les horaires et les lieux du prochain rendez-vous.

Après la retentissante nouvelle que Dieu était mort (nouvelle qu'à l'époque ne reçurent que les lettrés), quelques massifs chrétiens suscitèrent des attachements inattendus. En philosophie, Paul fut requis par Alain Badiou, Job par Guy Lardreau. Au cinéma, un communiste militant, Rossellini, restitua l'esprit franciscain. Au théâtre, un agnostique convaincu, Antoine Vitez, réussit à faire de Claudel un auteur laïc. Au mitan du siècle, Beckett rappela *God* en le vidant de toute signification théologique. Ainsi, quand Estragon quitte ses godillots :

VLADIMIR. – Mais tu ne peux pas aller pieds nus.

ESTRAGON. – Jésus l'a fait.

VLADIMIR. – Jésus ! Qu'est-ce que tu vas chercher là ! Tu ne vas tout de même pas te comparer à lui !

ESTRAGON. – Toute ma vie je me suis comparé à lui.

VLADIMIR. – Mais là-bas il faisait chaud ! Il faisait bon !

ESTRAGON. – Oui. Et on crucifiait vite.

Après une représentation d'*En attendant Godot*, Jean Anouilh nota qu'il avait vu les *Pensées* de Pascal jouées par les Fratellini.

Hier les sectateurs donnaient de Dieu une idée forte. Il semble aujourd'hui que pour le soutenir il faille le diminuer. D'une des plus anciennes « acclamations » du christianisme, le *Sanctus Sanctus Sanctus Dominus Deus Sabaoth* – soit, Saint Saint Saint le Seigneur Dieu des Armées – on a supprimé les « armées », on leur a substitué l'« univers ». L'écrivain François Sureau, qui ne cache pas son appartenance, l'explique ainsi : « Je suis extrêmement attaché à la religion catholique. Elle nous donne comme maître quelqu'un qui a échoué sur la Terre, qui n'a pas voulu exercer le pouvoir, qui s'est trouvé entouré de filles perdues, de soldats paumés, de percepteurs, et qui a choisi pour lui succéder un imbécile qui ne brillait pas par le courage, saint Pierre. Il n'y a rien au monde de plus encourageant. »

On trouve dans le premier Livre des Rois un signe de cet affaiblissement décidé par Yhwh en personne. Le prophète Élie, averti par le Seigneur qu'il va passer sur l'Horeb, sa montagne, l'attend au seuil de la caverne où il a dormi. « À l'approche du Seigneur, il y eut un ouragan, si fort et si violent qu'il fendait les montagnes et brisait les rochers, mais le Seigneur n'était pas dans l'ouragan. Et après l'ouragan, il y eut un tremblement de terre, mais le Seigneur n'était pas dans le tremblement de terre. Et après ce tremblement de terre, un feu, mais le Seigneur n'était pas dans ce feu. Et après ce feu, le murmure d'une brise légère. Aussitôt qu'il l'entendit, Élie se couvrit le visage avec son manteau, il sortit et se tint à l'entrée de la caverne. »

Ni ouragan, ni tremblement de terre, ni feu, ni rien de ce qui fait peur ou mal, mais brise légère. Brise légère sur l'Horeb pour Élie, un ami. Midi aveuglant sur le chemin de Damas pour un ennemi. Paul est-il jamais parvenu à oublier qu'il avait été Saül ? Est-ce à celui qu'il était *avant* qu'il songe lorsqu'il évoque cette « écharde dans la chair » dont il souffre ? Et lorsqu'il s'abaisse jusqu'à se traiter d'avorton ? S'abaisser n'est pas s'oublier, au contraire.

Si François d'Assise est aimé jusqu'au Japon, c'est que l'enseignement et la vie de deux grands maîtres du bouddhisme zen, Dogen et Ryôkan, donnent la même leçon : s'oublier. On peut même se demander si ce n'est pas grâce au Japon que Claudel a formulé son saisissant précepte : substituer au « Connais-toi toi-même » de Socrate un « Oublie-toi toi-même ».

Source de réconfort qui guérit des malheurs du monde sont les promesses du « Sermon sur la montagne », le *Beatus ille* chrétien – sauf que le poète latin s'occupe de la vie à la campagne et le chrétien de la vie au ciel. La première des neuf Béatitudes demeure obscure et le tournoiement des traductions à travers les siècles ne fait qu'accentuer notre perplexité. Lorsque Jésus déclare : « Heureux les affligés car ils seront consolés », ou encore « Heureux les miséricordieux car ils obtiendront miséricorde », on comprend. Mais quand il dit « Bienheureux les pauvres d'esprit », ou encore « Heureux les pauvres de cœur » « car le Royaume des cieux est à eux », on se demande quels sont ceux qu'il désigne ainsi et ce que signifie pauvreté d'esprit ou de cœur. Laissant tomber la deuxième partie du verset, « car le Royaume des cieux est à eux », quasiment toujours traduite de la même façon, abordons la première.

Au XVIIe, Lemaistre de Sacy traduit : Bienheureux les pauvres d'esprit.

Au XIXe, le pasteur Louis Segond : Heureux les pauvres en esprit.

Au XXe, la TOB (Traduction œcuménique de la Bible) : Heureux les pauvres de cœur.

BJ (Bible de Jérusalem) : Heureux ceux qui ont une âme de pauvre.

Bible Bayard 2000 : Joie de ceux qui sont à bout de souffle !

Entre les misères de l'esprit, du cœur, de l'âme et du souffle, comment s'y retrouver ?

Enfant, simplette, je récitais gaiement « Bienheureux les simples d'esprit » ! Dans la Bible que lisait ma mère, dans la traduction du pasteur Louis Segond, je découvre un renvoi au verset du prophète Ésaïe où Yhwh parle et dit : « J'habite dans des lieux élevés et dans la sainteté, mais je suis avec l'homme contrit et humilié, afin de ranimer les esprits humiliés, afin de ranimer les cœurs contrits. » Alors il me semble entrevoir de quelle humiliation il s'agit. Les pauvres en esprit seraient des idiots au premier sens du mot : des ignorants. Humiliés ou offensés par ceux qui détiennent ou croient détenir le savoir, la science, ils aspirent à l'esprit grâce au grand intercesseur, l'Esprit-Saint.

Sébastien Castellion ou Châteillon, au milieu du XVIe siècle, traduisit la Bible en français pour les « idiots », soit ceux qui ignorent les langues anciennes. Je l'ai appris par un essai de Jacques Roubaud, le poète le plus curieux de ceux qui ne lui ressemblent pas. Roubaud cite Châteillon : « Quant au langage Français, j'ai eu principalement égard aux idiots, et pourtant ai-je usé d'un langage commun et simple, et le plus entendible qu'il m'a été possible. Et pour cette cause, au lieu d'user de mots grecs ou latins qui ne sont pas entendus du simple peuple, j'ai quelquefois usé de mots Français, quand j'en ai pu trouver, sinon j'en ai forgé. » C'est ainsi qu'ayant constaté qu'aucun « idiot » ne peut entendre ce que signifie le mot « holocauste », il le traduisit par « brûlage », persuadé que par la vertu du mot « brûler » on entendrait qu'il s'agit d'un sacrifice où l'on brûle ce qu'on sacrifie. Faisant déjà comprendre le rejet du mot « holocauste » par Claude Lanzmann.

Influencée par un essai de José Bergamín, que j'affectionne au point de l'avoir traduit et d'avoir fait miennes ses conclusions, influencée donc par *La Décadence de l'analphabétisme*, où il déplore la culture de la lettre au détriment de celle de l'esprit, où, défendant l'état de grâce de l'enfant qui joue avec tout, il le compare au génie du peuple espagnol – popularisé par le théâtre du Siècle d'Or, contrairement à ce qui s'est passé chez nous au Siècle de Louis XIV –, j'imagine carrément traduire la première promesse du « Sermon sur la montagne » par : Bienheureux les analphabètes, car le royaume des cieux est à eux. Une explication de mon ami Frédéric Boyer, expert en la matière, a tempéré mon élan. Il m'explique qu'il s'agit de ceux qui sont dans le besoin de l'Esprit, qui mendient l'Esprit-Saint.

En pleine guerre civile, José Bergamín fit le voyage à Marseille pour saluer Georges Bernanos avant qu'il n'embarque avec toute sa famille en direction de l'Amérique latine. Il souhaitait le remercier au nom du peuple espagnol pour *Les Grands Cimetières sous la lune*. J'ai raconté plusieurs fois cette histoire exemplaire parce qu'elle illustre le fier constat de René Char : « Dans mon pays, on remercie. »

C'est après les exactions dont il fut témoin à Palma de Majorque que Bernanos renonça au roman pour se consacrer à des *écrits de combat*. « Dieu sait le chagrin que j'ai à ne plus écrire de romans. C'est un sacrifice très grand pour moi », confie-t-il en 1948, l'année de sa mort.

Le mot sacrifice est chrétien. Chagrin, un mot d'enfant.

À l'entrée au lycée, la sainte Famille s'était retirée. La professeur de français-latin nous avait présenté une kyrielle de dieux qui habitaient sur terre une montagne élevée : l'Olympe. Comme elle traitait avec égalité les filles qui étudiaient le grec *extra muros* avec un abbé et celles qui étudiaient le latin avec elle, elle se souciait d'attribuer aux dieux et aux déesses leur nom grec et leur nom latin. Zeus/Jupiter, Héra/Junon, Athéna/Minerve, Apollon/Phébus, Artémis/Diane… je vous laisse le soin de compléter. Jusqu'alors monothéiste, je fus éblouie. Le premier livre que j'achetai avec mon argent de poche fut celui qu'elle recommandait : *La Légende dorée des dieux et des héros*. Il suffit d'entrer dans une librairie pour le retrouver, car ce livre de Mario Meunier, paru en 1924, n'a cessé depuis d'être réédité – seule la couverture a changé. Ma première *Légende dorée* fut celle d'un helléniste français qui n'avait pas craint d'emprunter son titre au plus célèbre livre du Moyen Âge chrétien.

Mario Meunier a choisi dans la troupe des dieux les douze plus importants, et, dans un souci d'égalité, six dieux et six déesses. Chaque chapitre obéit à un même déroulé : naissance, aventures, amours, métamorphoses, traits physiques, animaux et plantes consacrés. Par exemple, naissance : Aphrodite sortie nue des flots, les pieds sur une tortue ou sur une conque marine (voir Botticelli, *La Naissance de Vénus*), Athéna sortie tout armée du front de son père Zeus-Jupiter, Dionysos sorti de la cuisse du même… Les aventures, amours et métamorphoses – le maître des métamorphoses étant Zeus, qui en taureau lèche les pieds d'Europe avant de l'enlever et de la baiser sous un platane, en fourmi visite la petite Clitoris, en pluie d'or couvre Danaé, en cygne Léda, et j'en passe. Il existait une ressemblance entre les dieux et les animaux à eux consacrés. L'agressivité des loups, des coqs, des vautours appelait celle du dieu de la guerre. L'obéissance des animaux domestiques les rangeait du côté d'Hermès, dieu des troupeaux. Des biches aux grands yeux traînaient le char de Diane, des colombes ou des cygnes celui de Vénus. Parmi les animaux sacrifiés le taureau revenait souvent : taureaux blancs dont on dorait les cornes pour Zeus, taureaux sauvages mugissant comme la mer pour Poséidon, taureaux noirs parés de bandelettes sombres pour Hadès régnant sur le royaume des morts. À l'opposé de ces taureaux sacrifiés sont de nos jours, dans les arènes, les *toros bravos*, ou taureaux de combat, qu'à pied ou à cheval les femmes affrontent aussi.

Comme il ne reste aucune trace des tableaux de l'Antiquité, c'est à une tradition littéraire que nous devons d'imaginer Apollon imberbe, Zeus pourvu d'une crinière de lion et d'une barbe bouclée, des ailes au chapeau et aux talonnières d'Hermès, une poitrine velue et des bras musclés à Héphaïstos le forgeron, de longs cheveux à Poséidon. Dans la chrétienté, c'est une tradition picturale qui représente Jean jeune et imberbe, Pierre vieux, surtout quand il pleure après avoir renié trois fois son Seigneur dans la cour du grand prêtre, et l'Apôtre des Gentils dans la force de l'âge, brun et barbu.

Quand l'Apôtre des Gentils séjournait à Athènes, attendant que le rejoignent Silas et Timothée, son esprit s'échauffait au spectacle de cette ville remplie d'idoles. Parmi tous les monuments sacrés il découvrit même un autel dédié « au dieu inconnu », et il ne manqua pas, devant l'Aréopage, de déclarer que ce dieu qu'ils adoraient sans le connaître était celui-là même qu'il venait annoncer.

S'émerveiller sans croire dure si la poésie s'en mêle. Comme je ne lisais ni les poètes grecs ni les latins, leurs dieux s'en allèrent. Il en vint d'autres, au gré des ans et des voyages, qui partageaient un trait avec les précédents : ils avaient disparu, mais la lecture et l'étude les ressuscitaient. La commande d'un musicien me fit traverser la Méditerranée, un chant de chevaux henni par un poète qui avait séjourné dans une réserve d'Indiens Navajos me fit traverser l'Atlantique.

Le musicien Pierre Henry composa en 1962, d'après le *Livre des morts tibétain*, *Le Voyage*, qui inspira un ballet à Maurice Béjart. Vingt ans plus tard – Pierre Boulez lui ayant passé commande d'une œuvre qui serait réalisée à l'Ircam –, il souhaita aborder la voix, les voix, il parlait même d'un « opéra », d'après le *Livre des morts des Anciens Égyptiens*. Un ami commun, François Weyergans, nous présenta. Sans réfléchir un instant à ma parfaite ignorance d'une civilisation, d'un passé, d'un pays, d'une histoire immense, toute au plaisir de la commande, j'acceptai d'écrire le livret. Je n'imaginais pas combien tant d'inconnu(e)s me coûteraient de peine. Et de joie.

On appelle « *Livre des morts* » un recueil de formules magiques trouvées sur les parois internes des pyramides et sur les rouleaux de papyrus placés dans les sarcophages auprès des momies, parfois entre les bandelettes. Thot le scribe, à tête d'ibis, dieu du salut, était censé en être un des auteurs. Ces papyrus (dont certains fort longs, celui d'Ani a vingt-quatre mètres) préparaient le voyage du mort, parlaient à sa place, répondaient aux questions posées, autant d'épreuves à franchir avant d'arriver devant le tribunal. L'autre nom du *Livre des morts* est *Sortir au jour*, car si le tribunal présidé par Osiris jugeait le mort innocent, il pourrait franchir les vingt et un porches – « Passe, tu es pur » – qui conduisent à la barque d'Amon Râ le soleil, monter dedans, et sortir au jour avec lui chaque matin. À la nuit ils rentreront ensemble et traverseront la terre avant de réapparaître au matin suivant. Telle était l'éternité heureuse pour les Anciens Égyptiens.

Pour comprendre et traverser les nombreuses épreuves, le mort devait connaître le nom des dieux, qui sont foule, les reconnaître – qui à tête de bélier, de faucon, de crocodile, qui à tête de chat, à cornes de vache. De tous les dieux, Thot, le scribe, était mon préféré... Mais ne retenons de cette longue aventure que la leçon.

Au tribunal présidé par Osiris, qui règne sur le royaume des morts, Anubis à tête de chacal présente le nouveau mort, dont le cœur va être pesé dans une balance, moment décisif. Or qu'y a-t-il sur l'autre plateau de la balance ? Une plume.

Dans l'un des plateaux de la balance,
   dit Anubis,
tu déposeras ton cœur
dans l'autre je poserai la plume
de la Vérité et Thot
inscrira le résultat.

Si les nœuds que tu as formés
pendant ton séjour dans le monde
ne sont pas devenus des montagnes
si tu as pu défaire ces nœuds
si ton cœur est aussi léger que la plume
le tribunal te sera favorable
tu seras déclaré innocent.

Le salut par la légèreté du cœur est le plus beau cadeau des Anciens Égyptiens. Maintes inscriptions sur des scarabées – amulettes en schiste émaillé, en faïence, en stéatite à glaçure verte, posées sur les bandelettes à l'endroit du cœur arrêté, ou protectrices des vivants – en témoignent :

J'ai fait le bien j'ai obéi à mon cœur
je n'ai pas raccourci l'année d'un seul jour
la tristesse ne lui a pas dérobé une heure
j'ai fait du jour une fête.

Je n'ai cessé de faire ce que j'aimais
les raisins étaient lourds de rosée
je me suis hâté de les presser et de les boire
afin de rafraîchir mon cœur.

J'ai oublié le mal j'ai songé au bonheur
et j'ai chanté jusqu'à ce jour
où j'aborde au pays qui aime le silence.

Ce que mon cœur m'a dicté je l'ai fait
tout ce qu'il aimait je l'ai fait
pour que nous soyons heureux à l'extrême.

Le goût du bonheur pendant qu'on est en vie, la joie innocentée, ravit même ceux pour qui la félicité n'est pas de ce monde mais dans l'autre, une fois morts.

Aimer un Dieu en trois personnes n'interdit pas d'être curieux des autres. Avant les Égyptiens, j'en avais rencontré par dizaines au cours de mes études hispaniques, pas dans la Très Catholique Espagne, bien sûr, mais dans ces peuples d'Amérique centrale et d'Amérique du Sud qu'elle a découverts, conquis, détruits : Aztèques, Mayas, Incas fils du Soleil, entre autres. Des dieux peu rassurants, exigeant parfois des sacrifices humains, innombrables, comme si toute chose existant au ciel sur mer ou sur terre, du maïs au lama, méritait divinité. Au cours de ces études nous avions abordé la

Conquête du côté des conquérants. Quand il me fut donné d'enseigner à mon tour, je la regardai plutôt du côté des vaincus.

Au mois de février 1519, Hernan Cortés débarqua sur la péninsule du Yucatán avec cinq cent cinquante hommes (ou six cents, les chiffres varient peu selon les sources), quelques canons, treize mousquets, dix-sept chevaux – onze mâles et six juments –, ou seize selon Bernal Díaz del Castillo, auteur de l'*Histoire véridique de la conquête de la Nouvelle-Espagne*. Pourquoi ce petit nombre de chevaux est-il si étonnant ? Parce que le cheval n'existait pas ou plus sur le continent américain. Son arrivée va bouleverser cet espace. Les mustangs, descendants des chevaux espagnols importés par les conquistadors, vont se multiplier au-delà du Mexique vers le nord et, miracle aussi étonnant que la multiplication des pains ou des poissons, transformer des tribus de chasseurs-cueilleurs agriculteurs en des tribus de cavaliers hors pair.

Que s'est-il passé au début ? Le bruit courut que des êtres étranges venus de l'est sur des temples flottants (les caravelles), possédant le tonnerre et la foudre (bombardes et arquebuses), avaient débarqué. Pour effrayer davantage, les Espagnols disposaient des grelots autour du poitrail de leurs montures. À ces sonorités inconnues s'ajoutaient les prophéties annonçant le proche retour du dieu Quetzalcóatl. La confusion ne dura pas. Si, dans un premier temps, les Indiens crurent à des êtres d'origine divine, que cheval et cavalier ne faisaient qu'un – tels les Centaures de notre Antiquité –, ils comprirent vite qu'ils se pouvaient déboîter l'un de l'autre et qu'en visant le cheval on faisait chuter le cavalier. Je me demande si l'idée de déboîter Saül du supposé cheval sur le chemin de Damas n'est pas venue de là.

Un conteur Swampy Cree contemporain de Jean Giraudoux affirmait la même chose que lui : « Dire le nom, c'est commencer une histoire », qu'elle appartienne aux réalités d'en haut ou à celles d'en bas. Il s'appelait Samuel Makidemewabe et vivait au Manitoba – un État du Canada dont le nom, en langue Cree, signifie « Passage du Grand Esprit ». Avant l'arrivée des Blancs, les peuples amérindiens rejoignaient le Grand Esprit par des contes, des chants, des danses. Avec ses contes, Makidemewabe est devenu l'historien de sa tribu. Des communautés où il avait vécu on lui apportait les circonstances ayant présidé au choix du nom par lequel le groupe désignait chacun de ses membres, un surnom choisi à partir d'un trait, d'une habitude, d'un geste, bref, du petit mystère qui rend chacun de nous singulier. Il en faisait des poèmes, des *Poèmes noms.*

Grâce à une fille surnommée « Silencieuse-Jusqu'au-Dégel », j'ai trouvé le silence de la fin.

Son nom raconte comment
cela se passait avec elle.

La vérité est qu'elle ne parlait pas
en hiver.
Chacun avait appris à ne pas
lui poser de questions en hiver
une fois connu ce qu'il en était.

Le premier hiver où cela arriva
nous avons regardé dans sa bouche
    pour voir
si quelque chose y était gelé. Sa langue
peut-être, ou quelque chose d'autre
    au-dedans.

Mais après le dégel elle se remit à parler
et nous dit que c'était merveilleux ainsi
pour elle.

Aussi, à chaque printemps
nous attendions, impatiemment.

L'auteur

Florence Delay a publié notamment :

Aux Éditions Gallimard :

Minuit sur les jeux, roman (« L'Imaginaire », n° 487).

Le Aïe aïe de la corne de brume, roman (« Folio », n° 1554).

L'Insuccès de la fête, roman (« L'Imaginaire », n° 244).

Riche et légère, roman, prix Femina 1983 (« Folio », n° 2168).

Course d'amour pendant le deuil, roman.

Etxemendi, roman (« Folio », n° 2398).

La Fin des temps ordinaires, roman.

La Séduction brève, essai.

Dit Nerval. Grand Prix du roman de la Ville de Paris 1999 (« L'un et l'autre » ; « Folio », n° 4066).

Discours de réception à l'Académie française et réponse d'Hector Bianciotti.

Trois Désobéissances, roman.

Mes cendriers.

Il me semble, mesdames.

Sept Saisons (« Cahiers de la NRF »).

La vie comme au théâtre.

Haute Couture.

Un été à Miradour, roman.

En collaboration avec Jacques Roubaud :

Graal Théâtre

Joseph d'Arimathie, *Merlin l'Enchanteur*, *Gauvain et le Chevalier Vert*, *Perceval le Gallois*, *Lancelot du Lac*, *L'Enlèvement de la reine*, *Morgane contre Guenièvre*, *Fin des temps aventureux*, *Galaad ou la Quête*, *La Tragédie du roi Arthur*.

Chez d'autres éditeurs :

Petites Formes en prose après Edison, essai, Hachette, « Textes du XXe siècle » ; Fayard.

Les Dames de Fontainebleau, Franco Maria Ricci.

Partition rouge. Poèmes et chants des Indiens d'Amérique du Nord, avec Jacques Roubaud, Seuil.

L'Hexaméron, avec Michel Chaillou, Michel Deguy, Natacha Michel, Jacques Roubaud et Denis Roche, Seuil.

Semaines de Suzanne, avec Patrick Deville, Jean Echenoz, Sonja Greenlee, Harry Mathews, Mark Polizzotti, Olivier Rolin, Minuit.

Catalina, enquête, Seuil.

Œillet rouge sur le sable, avec Francis Marmande, Fourbis.

Mon Espagne Or et Ciel, Hermann.

Traductions :

José Bergamín, *La Décadence de l'analphabétisme*, La Délirante.

José Bergamín, *Beauténébreux*, La Délirante.

José Bergamín, *La Solitude sonore du toreo*, Verdier poche.

Pedro Calderón de la Barca, *Le Grand Théâtre du monde*, suivi de *Procès en séparation de l'Âme et du Corps*, L'avant-scène théâtre.

Arnaldo Calveyra, *L'Éclipse de la balle*, Actes Sud/Papiers.

Arnaldo Calveyra, *L'Homme du Luxembourg*, Actes Sud.

Lucas Fernández, *Auto de la Passion*, in *Théâtre espagnol du XVIe siècle*, Gallimard, « Bibliothèque de la Pléiade ».

Sor Juana Inés de la Cruz, *Le Divin Narcisse*, précédé de *Premier Songe et autres textes*, avec Frédéric Magne et Jacques Roubaud, Gallimard.

Ramón Gómez de la Serna, *Les Moitiés*, en collaboration avec Pierre Lartigue, Christian Bourgois.

Fernando de Rojas, *La Célestine*, version 1, Actes Sud/Papiers ; version 2, L'avant-scène théâtre.

Félix Lope de Vega, *Pedro et le Commandeur*, L'avant-scène théâtre.

Michée, Aggée, Zacharie, Malachie, avec Maurice Roger et Arnaud Sérandour, L'Évangile de Jean, Trois Lettres de Jean, avec Alain Marchadour, dans la Bible, nouvelle traduction, Bayard.

La Librairie du XXIe siècle

Sylviane Agacinski, *Le Passeur de temps. Modernité et nostalgie.*

Sylviane Agacinski, *Métaphysique des sexes. Masculin/féminin aux sources du christianisme.*

Sylviane Agacinski, *Drame des sexes. Ibsen, Strindberg, Bergman.*

Sylviane Agacinski, *Femmes entre sexe et genre.*

Sylviane Agacinski, *Le Tiers-corps. Réflexions sur le don d'organes.*

Giorgio Agamben, *La communauté qui vient. Théorie de la singularité quelconque.*

Sébastien Albertelli, Julien Blanc et Laurent Douzou, *La Lutte clandestine en France. Une histoire de la Résistance (1940-1944).*

Anne-Marie Albiach, *La Mezzanine, le dernier récit de Catarina Quia*, préface de Jacques Roubaud.

Henri Atlan, *Tout, non, peut-être. Éducation et vérité.*

Henri Atlan, *Les Étincelles de hasard I. Connaissance spermatique.*

Henri Atlan, *Les Étincelles de hasard II. Athéisme de l'Écriture.*

Henri Atlan, *L'Utérus artificiel.*

Henri Atlan, *L'Organisation biologique et la Théorie de l'information.*

Henri Atlan, *De la fraude. Le monde de l'*onaa.

Marc Augé, *Domaines et Châteaux.*

Marc Augé, *Non-lieux. Introduction à une anthropologie de la surmodernité.*

Marc Augé, *La Guerre des rêves. Exercices d'ethnofiction.*

Marc Augé, *Casablanca.*

Marc Augé, *Le Métro revisité.*

Marc Augé, *Quelqu'un cherche à vous retrouver.*

Marc Augé, *Journal d'un SDF. Ethnofiction.*

Marc Augé, *Une ethnologie de soi. Le temps sans âge.*

Jean-Christophe Bailly, *Le Propre du langage. Voyages au pays des noms communs.*

Jean-Christophe Bailly, *Le Champ mimétique.*

Marcel Bénabou, *Jacob, Ménahem et Mimoun. Une épopée familiale.*

Marcel Bénabou, *Pourquoi je n'ai écrit aucun de mes livres.*

Maurizio Bettini, *Noël. Aux origines de la crèche.*

Julien Blanc, *Au commencement de la Résistance. Du côté du musée de l'Homme, 1940-1941.*

Julien Blanc, *voir* Sébastien Albertelli *et alii.*

R. Howard Bloch, *Le Plagiaire de Dieu. La fabuleuse industrie de l'abbé Migne.*

Remo Bodei, *La Sensation de déjà vu.*

Ginevra Bompiani, *Le Portrait de Sarah Malcolm.*

Julien Bonhomme, *Les Voleurs de sexe. Anthropologie d'une rumeur africaine.*

Yves Bonnefoy, *Lieux et Destins de l'image. Un cours de poétique au Collège de France (1981-1993).*

Yves Bonnefoy, *L'Imaginaire métaphysique.*

Yves Bonnefoy, *Notre besoin de Rimbaud.*

Yves Bonnefoy, *L'Autre Langue à portée de voix.*

Yves Bonnefoy, *Le Siècle de Baudelaire.*

Yves Bonnefoy, *L'Hésitation d'Hamlet et la Décision de Shakespeare.*

Philippe Borgeaud, *La Mère des dieux. De Cybèle à la Vierge Marie.*

Philippe Borgeaud, *Aux origines de l'histoire des religions.*

Philippe Borgeaud, *La Pensée européenne des religions.*

Jorge Luis Borges, *Cours de littérature anglaise.*

Esteban Buch, Trauermarsch. *L'Orchestre de Paris dans l'Argentine de la dictature.*

Claude Burgelin, *Les Mal Nommés. Duras, Leiris, Calet, Bove, Perec, Gary et quelques autres.*

Italo Calvino, *Pourquoi lire les classiques.*

Italo Calvino, *La Machine littérature.*

Paul Celan et Gisèle Celan-Lestrange, *Correspondance.*

Paul Celan, *Le Méridien & autres proses.*

Paul Celan, *Renverse du souffle.*

Paul Celan et Ilana Shmueli, *Correspondance.*

Paul Celan, *Partie de neige.*

Paul Celan et Ingeborg Bachmann, *Le Temps du cœur. Correspondance.*

Michel Chodkiewicz, *Un océan sans rivage. Ibn Arabî, le Livre et la Loi.*

Antoine Compagnon, *Chat en poche. Montaigne et l'allégorie.*

Hubert Damisch, *Un souvenir d'enfance par Piero della Francesca.*

Hubert Damisch, *CINÉ FIL.*

Hubert Damisch, *Le Messager des îles.*

Hubert Damisch, *La Ruse du tableau. La peinture ou ce qu'il en reste.*

Luc Dardenne, *Au dos de nos images (1991-2005)*, suivi de *Le Fils* et *L'Enfant*, par Jean-Pierre et Luc Dardenne.

Luc Dardenne, *Au dos de nos images II (2005-2014)*, suivi de *Le Gamin au vélo* et *Deux Jours, une nuit*, par Jean-Pierre et Luc Dardenne.

Luc Dardenne, *Sur l'affaire humaine.*

Michel Deguy, *À ce qui n'en finit pas.*

Daniele Del Giudice, *Quand l'ombre se détache du sol.*

Daniele Del Giudice, *L'Oreille absolue.*

Daniele Del Giudice, *Dans le musée de Reims.*

Daniele Del Giudice, *Horizon mobile.*

Daniele Del Giudice, *Marchands de temps.*

Daniele Del Giudice, *Le Stade de Wimbledon.*

Florence Delay, *Il n'y a pas de cheval sur le chemin de Damas.*

Mireille Delmas-Marty, *Pour un droit commun.*

Jean-Paul Demoule, *Mais où sont passés les Indo-Européens ? Le mythe d'origine de l'Occident.*

Marcel Detienne, *Comparer l'incomparable.*

Marcel Detienne, *Comment être autochtone. Du pur Athénien au Français raciné.*

Donatella Di Cesare, *Heidegger, les Juifs, la Shoah. Les* Cahiers noirs.

Milad Doueihi, *Histoire perverse du cœur humain.*

Milad Doueihi, *Le Paradis terrestre. Mythes et philosophies.*

Milad Doueihi, *La Grande Conversion numérique.*

Milad Doueihi, *Solitude de l'incomparable. Augustin et Spinoza.*

Milad Doueihi, *Pour un humanisme numérique.*

Laurent Douzou, *voir* Sébastien Albertelli *et alii.*

Jean-Pierre Dozon, *La Cause des prophètes. Politique et religion en Afrique contemporaine*, suivi de *La Leçon des prophètes* par Marc Augé.

Pascal Dusapin, *Une musique en train de se faire.*

Brigitta Eisenreich, avec Bertrand Badiou, *L'Étoile de craie. Une liaison clandestine avec Paul Celan.*

Uri Eisenzweig, *Naissance littéraire du fascisme.*

Uri Eisenzweig, *Le sionisme fut un humanisme.*

Norbert Elias, *Mozart. Sociologie d'un génie.*

Norbert Elias, *Théorie des symboles.*

Norbert Elias, *Les Allemands. Luttes de pouvoir et développement de l'habitus aux XIXe et XXe siècles.*

Rachel Ertel, *Dans la langue de personne. Poésie yiddish de l'anéantissement.*

Arlette Farge, *Le Goût de l'archive.*

Arlette Farge, *Dire et mal dire. L'opinion publique au XVIIIe siècle.*

Arlette Farge, *Le Cours ordinaire des choses dans la cité du XVIIIe siècle.*

Arlette Farge, *Des lieux pour l'histoire.*

Arlette Farge, *La Nuit blanche.*

Lisa Fittko, *Le Chemin Walter Benjamin*, précédé de *Le Présent du passé*, par Edwy Plenel.

Alain Fleischer, *L'Accent, une langue fantôme.*

Alain Fleischer, *Le Carnet d'adresses.*

Alain Fleischer, *Réponse du muet au parlant. En retour à Jean-Luc Godard.*

Alain Fleischer, *Sous la dictée des choses.*

Lydia Flem, *L'Homme Freud.*

Lydia Flem, *Casanova ou l'Exercice du bonheur.*

Lydia Flem, *La Voix des amants.*

Lydia Flem, *Comment j'ai vidé la maison de mes parents.*

Lydia Flem, *Panique.*

Lydia Flem, *Lettres d'amour en héritage.*

Lydia Flem, *Comment je me suis séparée de ma fille et de mon quasi-fils.*

Lydia Flem, *La Reine Alice.*

Lydia Flem, *Discours de réception à l'Académie royale de Belgique*, accueillie par Jacques de Decker, secrétaire perpétuel.

Lydia Flem, *Je me souviens de l'imperméable rouge que je portais l'été de mes vingt ans.*

Lydia Flem, *La Vie quotidienne de Freud et de ses patients*, préface de Fethi Benslama.

Lydia Flem, *Paris Fantasme.*

Lydia Flem, *Bouche bavarde oreille curieuse.*

Nadine Fresco, *Fabrication d'un antisémite.*

Nadine Fresco, *La Mort des juifs.*

Françoise Frontisi-Ducroux, *Ouvrages de dames. Ariane, Hélène, Pénélope...*

Françoise Frontisi-Ducroux, *Arbres filles et Garçons fleurs. Métamorphoses érotiques dans les mythes grecs.*

Marcel Gauchet, *L'Inconscient cérébral.*

Hélène Giannecchini, *Une image peut-être vraie. Alix Cléo Roubaud*, postface de Jacques Roubaud.

Hélène Giannecchini, *Voir de ses propres yeux.*

Jack Goody, *La Culture des fleurs.*

Jack Goody, *L'Orient en Occident.*

Anthony Grafton, *Les Origines tragiques de l'érudition. Une histoire de la note en bas de page.*

Jean-Claude Grumberg, *Mon père. Inventaire*, suivi de *Une leçon de savoir-vivre.*

Jean-Claude Grumberg, *Pleurnichard.*

Jean-Claude Grumberg, *La Plus Précieuse des marchandises. Un conte.*

Jean-Claude Grumberg, *Jacqueline Jacqueline.*

François Hartog, *Régimes d'historicité. Présentisme et expériences du temps.*

Daniel Heller-Roazen, *Écholalies. Essai sur l'oubli des langues.*

Daniel Heller-Roazen, *L'Ennemi de tous. Le pirate contre les nations.*

Daniel Heller-Roazen, *Une archéologie du toucher.*

Daniel Heller-Roazen, *Le Cinquième Marteau. Pythagore et la dysharmonie du monde.*

Daniel Heller-Roazen, *Langues obscures. L'art des voleurs et des poètes.*

Ivan Jablonka, *Histoire des grands-parents que je n'ai pas eus. Une enquête.*

Ivan Jablonka, *L'histoire est une littérature contemporaine. Manifeste pour les sciences sociales.*

Ivan Jablonka, *Laëtitia ou la Fin des hommes.*

Ivan Jablonka, *En camping-car.*

Ivan Jablonka, *Un garçon comme vous et moi.*

Roman Jakobson/Claude Lévi-Strauss, *Correspondance, 1942-1982.*

Jean Kellens, *La Quatrième Naissance de Zarathushtra. Zoroastre dans l'imaginaire occidental.*

Nicole Lapierre, *Sauve qui peut la vie.*

Marc de Launay, *Nietzsche et la Race.*

Jacques Le Brun, *Le Pur Amour de Platon à Lacan.*

Jacques Le Brun, *Dieu, un pur rien. Angelus Silesius, poésie, métaphysique et mystique.*

Jacques Le Goff, *Faut-il vraiment découper l'histoire en tranches ?*

Jean Levi, *Les Fonctionnaires divins. Politique, despotisme et mystique en Chine ancienne.*

Jean Levi, *La Chine romanesque. Fictions d'Orient et d'Occident.*

Claude Lévi-Strauss, *L'Anthropologie face aux problèmes du monde moderne.*

Claude Lévi-Strauss, *L'Autre Face de la lune. Écrits sur le Japon.*

Claude Lévi-Strauss, *Nous sommes tous des cannibales.*

Claude Lévi-Strauss, *« Chers tous deux ». Lettres à ses parents, 1931-1942.*

Claude Lévi-Strauss, *Le Père Noël supplicié.*

Claude Lévi-Strauss, *Anthropologie structurale zéro.*

Claude Lévi-Strauss/Roman Jakobson, *Correspondance, 1942-1982.*

Monique Lévi-Strauss, *Une enfance dans la gueule du loup.*

Nicole Loraux, *Les Mères en deuil.*

Nicole Loraux, *Né de la Terre. Mythe et politique à Athènes.*

Nicole Loraux, *La Tragédie d'Athènes. La politique entre l'ombre et l'utopie.*

Patrice Loraux, *Le Tempo de la pensée.*

Sabina Loriga, *Le Petit x. De la biographie à l'histoire.*

Charles Malamoud, *Le Jumeau solaire.*

Charles Malamoud, *La Danse des pierres. Études sur la scène sacrificielle dans l'Inde ancienne.*

François Maspero, *Des saisons au bord de la mer.*

Fabio Morábito, *À chacun son ciel. Anthologie poétique (1984-2019)*, précédé de *Morábito poète orphique*, par Martin Rueff.

Marie Moscovici, *L'Ombre de l'objet. Sur l'inactualité de la psychanalyse.*

Maurice Olender, *Un fantôme dans la bibliothèque.*

Nicanor Parra, *Poèmes et Antipoèmes* et *Anthologie (1937-2014).*

Michel Pastoureau, *L'Étoffe du diable. Une histoire des rayures et des tissus rayés.*

Michel Pastoureau, *Une histoire symbolique du Moyen Âge occidental.*

Michel Pastoureau, *L'Ours. Histoire d'un roi déchu.*

Michel Pastoureau, *Les Couleurs de nos souvenirs.*

Michel Pastoureau, *Le Roi tué par un cochon. Une mort infâme aux origines des emblèmes de la France ?*

Michel Pastoureau, *Une couleur ne vient jamais seule. Journal chromatique, 2012-2016.*

Vincent Peillon, *Une religion pour la République. La foi laïque de Ferdinand Buisson.*

Vincent Peillon, *Éloge du politique. Une introduction au XXIe siècle.*

Vincent Peillon, *Liberté, Égalité, Fraternité. Sur le républicanisme français.*

Georges Perec, *l'infra-ordinaire.*

Georges Perec, *Vœux.*

Georges Perec, *Je suis né.*

Georges Perec, *Cantatrix sopranica L. et autres écrits scientifiques.*

Georges Perec, *L. G. Une aventure des années soixante.*

Georges Perec, *Le Voyage d'hiver.*

Georges Perec, *Un cabinet d'amateur.*

Georges Perec, *Beaux Présents Belles Absentes.*

Georges Perec, *Penser/Classer.*

Georges Perec, *Le Condottière.*

Georges Perec, *L'Attentat de Sarajevo.*

Georges Perec, *Espèces d'espaces.*

Georges Perec, *Lieux.*

Georges Perec/OuLiPo, *Le Voyage d'hiver & ses suites.*

Catherine Perret, *L'Enseignement de la torture. Réflexions sur Jean Améry.*

Catherine Perret, *Le Tacite, l'Humain. Anthropologie politique de Fernand Deligny.*

Michelle Perrot, *Histoire de chambres.*

Michelle Perrot, *George Sand à Nohant. Une maison d'artiste.*

Denis Podalydès, *Les nuits d'amour sont transparentes. Pendant* La Nuit des rois.

J.-B. Pontalis, *La Force d'attraction.*

Jean Pouillon, *Le Cru et le Su.*

Jérôme Prieur, *Roman noir.*

Jérôme Prieur, *Rendez-vous dans une autre vie.*

Jérôme Prieur, *La Moustache du soldat inconnu.*

Jacques Rancière, *Courts Voyages au pays du peuple.*

Jacques Rancière, *Les Noms de l'histoire. Essai de poétique du savoir.*

Jacques Rancière, *La Fable cinématographique.*

Jacques Rancière, *Chroniques des temps consensuels.*

Jacques Rancière, *Les Bords de la fiction.*

Amos Reichman, *Jacques Schiffrin, un éditeur en exil. La vie du fondateur de la « Pléiade »*, préface de Robert O. Paxton.

Jean-Michel Rey, *Paul Valéry. L'aventure d'une œuvre.*

Jacqueline Risset, *Puissances du sommeil.*

Jean-Loup Rivière, *Le Monde en détails.*

Denis Roche, *Dans la maison du Sphinx. Essais sur la matière littéraire.*

Olivier Rolin, *Suite à l'hôtel Crystal.*

Olivier Rolin & Cie, *Rooms.*

Charles Rosen, *Aux confins du sens. Propos sur la musique.*

Israel Rosenfield, *« La Mégalomanie » de Freud.*

Pierre Rosenstiehl, *Le Labyrinthe des jours ordinaires.*

Paul-André Rosental, *Destins de l'eugénisme.*

Jacques Roubaud, *Poétique. Remarques. Poésie, mémoire, nombre, temps, rythme, contrainte, forme, etc.*

Jacques Roubaud, *Peut-être ou la Nuit de dimanche (brouillon de prose). Autobiographie romanesque.*

Jean-Frédéric Schaub, *Oroonoko, prince et esclave. Roman colonial de l'incertitude.*

Jean-Frédéric Schaub, *Pour une histoire politique de la race.*

Francis Schmidt, *La Pensée du Temple. De Jérusalem à Qoumrân.*

Jean-Claude Schmitt, *La Conversion d'Hermann le Juif. Autobiographie, histoire et fiction.*

Alain Schnapp, *Une histoire universelle des ruines. Des origines aux Lumières.*

Michel Schneider, *La Tombée du jour. Schumann.*

Michel Schneider, *Baudelaire. Les années profondes.*

Jean Schwœbel, *La Presse, le Pouvoir et l'Argent*, préface de Paul Ricœur, avant-propos d'Edwy Plenel.

David Shulman, Velcheru Narayana Rao et Sanjay Subrahmanyam, *Textures du temps. Écrire l'histoire en Inde.*

David Shulman, *Ta'ayush. Journal d'un combat pour la paix. Israël-Palestine, 2002-2005*, préface de Charles Malamoud.

David Shulman, *Un si sombre espoir. Sur les collines du sud d'Hébron. Ta'ayush II, 2007-2017*, préface de Maurice Olender.

Jean Starobinski, *Action et Réaction. Vie et aventures d'un couple.*

Jean Starobinski, *Les Enchanteresses.*

Jean Starobinski, *L'Encre de la mélancolie.*

Jean Starobinski, *Le Corps et ses raisons*, précédé de *Que la raison*, par Martin Rueff.

Anne-Lise Stern, *Le Savoir-déporté. Camps, histoire, psychanalyse.*

Antonio Tabucchi, *Les Trois Derniers Jours de Fernando Pessoa. Un délire.*

Antonio Tabucchi, *La Nostalgie, l'Automobile et l'Infini. Lectures de Pessoa.*

Antonio Tabucchi, *Autobiographies d'autrui. Poétiques* a posteriori.

Emmanuel Terray, *La Politique dans la caverne.*

Emmanuel Terray, *Une passion allemande. Luther, Kant, Schiller, Hölderlin, Kleist.*

Emmanuel Terray, *Mes anges gardiens*, précédé d'*Emmanuel Terray l'insurgé*, par Françoise Héritier.

Camille de Toledo, *Le Hêtre et le Bouleau. Essai sur la tristesse européenne*, suivi de *L'Utopie linguistique ou la Pédagogie du vertige.*

Camille de Toledo, *Vies pøtentielles.*

Camille de Toledo, *Oublier, trahir, puis disparaître.*

Peter Trawny, *Heidegger. Une introduction critique.*

César Vallejo, *Poèmes humains* et *Espagne, écarte de moi ce calice.*

Jean-Pierre Vernant, *Mythe et Religion en Grèce ancienne.*

Jean-Pierre Vernant, *Entre mythe et politique I.*

Jean-Pierre Vernant, *L'Univers, les Dieux, les Hommes. Récits grecs des origines.*

Jean-Pierre Vernant, *La Traversée des frontières. Entre mythe et politique II.*

Ida Vitale, *Ni plus ni moins.*

Nathan Wachtel, *Dieux et Vampires. Retour à Chipaya.*

Nathan Wachtel, *La Foi du souvenir. Labyrinthes marranes.*

Nathan Wachtel, *La Logique des bûchers.*

Nathan Wachtel, *Mémoires marranes. Itinéraires dans le* sertão *du Nordeste brésilien.*

Catherine Weinberger-Thomas, *Cendres d'immortalité. La crémation des veuves en Inde.*

Natalie Zemon Davis, *Juive, Catholique, Protestante. Trois femmes en marge au XVIIe siècle.*

RÉALISATION : NORD COMPO À VILLENEUVE-D'ASCQ
IMPRESSION : NORMANDIE ROTO IMPRESSION S.A.S.
DÉPÔT LÉGAL : AVRIL 2022. N° 148856 (2201014)
IMPRIMÉ EN FRANCE